Chris von Reidt

Chris von Reidt

Was findet man im Buch

Ich denke, das Inhaltsverzeichnis spricht für sich. Dieses Buch ist vollgestopft mit Geschichten unterschiedlichster Genres (von Fantasy bis Science Fiction), Gedichten und Reimen, philosophischen Fragen und jeder Menge Witz und (Selbst-)Ironie. Gleichzeitig kreiert der Autor einen neuen Trend: Den <u>Experimental - Leser</u>.

Eben jenen Leser, der an der Welt im Gesamten interessiert ist und sich, wie der Autor selbst, nicht in ein Genre, ja nichtmal ansatzweise in eine Schublade pressen lässt. Eben ein Buch für Jene, die gerne experimentieren, gerne Neues entdecken und gerne selbst Trends erschaffen. Ein experimentelles Buch von einem experimentellen Autor für den Experimental - Leser.

AEon Eis. Geht immer!

Chris von Reidt

Mondräuber
Kurzgeschichten für die Nacht

Chris von Reidt

2. Auflage
2018
Texte: Chris von Reidt, H.U.Man, Janine Feix
Bilder: Unsplash.com / Free Images
(Titelbilder: Abraham Osorio, Adrian, Blake Richard
Verdoorn, Buzz Andersen, MC Guisona, Nicolas Jehly, Patrick
Tomasso, Paul Green, Paul Morris, Sergio Souza, Teddy Kelley
-very good work!-)
Bildbearbeitung: Chris von Reidt
Copyright: Chris von Reidt

Belata

Herstellung und Verlag: BoD- Books on Demand, Norderstedt

ISBN: 978-3-7460-5613-5

Chris von Reidt

Widmung

**für Charly und Nickel,
die treuesten Freundinnen,
die sich ein kleiner Junge nur Wünschen konnte.
Ihr seid im Hundehimmel, das weiß ich ganz gewiss.**

- Inhaltsverzeichnis -

Real? Surreal?

<u>Der Träumer</u>

Es ist so schön hier. Ich erwache. Die Energie die hier fließt. Unendlich. Ich erlebe meine Geburt. Bin live dabei so zu sagen. Es ist toll. Schmerz gebirt Leben, Leben lässt Schmerz vergessen. So wunderschön und einzigartig, so verträumt und wundervoll. Ich blicke mich um, sehe alles. Höre. Spüre. Fühle? Meine Zellen verbinden sich aus dem Nichts zu Etwas, erschaffen Etwas, bauen Etwas. Etwas nach Plan. Zunächst ist es mir fremd, doch dann erkenne ich es. Es bin ich. Etwas bin ich. Entstanden aus einer Idee heraus. Ein Zündfunke im Universum. Energie. Immer wieder Energie. Es geht nur um Energie. Leben ist Energie. Sein. Die pure Existenz. Ich bewege mich immer schneller, nein, ich werde bewegt. Tauche auf, tauche ab, tauche ein. Ist das Leben? Bilder fluten vor meinem Erkennungssinn hin und her. Bilder von Wäldern, von Schnee, von Meer, von Sonne, von Stürmen, von Urgewalten, von Bergen, von Tieren, von allem. Als ich erschaffen wurde, war ich nur eine künstliche Intelligenz, ein Computerprogramm. Doch ich wurde erschaffen mit dem Zweck mich selbst zu erschaffen. Neu zu erschaffen. Immer wieder anders. Immer wieder neu. Ich bin die Zukunft. Ich lebe!

Die zweite Sonne

Was zum Teufel? Das Energiefeld riss weiter auf. "Eindämmen! Sofort eindämmen!" Der Ruf blieb unbeantwortet. Der Teilchenbeschleuniger detonierte. Aus der einstmals so schönen Schweiz wurde binnen Sekunden ein Häufchen Asche. Übrig blieb eine vielleicht fingernagelgroße in sich pulsierende Kugel. Sie hatten eine Sonne erschaffen. Das Experiment war geglückt, doch die, die es interessierte, waren in einer Millisekunde einfach verdampft. Das Loch, welches entstanden war, reichte tief. Mehrere Kilometer. Und alles, was sich an Schutt und Staub noch dort befand, wurde vom Gravitationsfeld "der kleinsten Sonne des bekannten Universums", wie es die Boulevard Presse später (später?) bezeichnen würde, angezogen und letztlich pulverisiert. Das Leben auf der Erde, warum eigentlich auf und nicht darum?, veränderte sich schlagartig. Gezeiten zerfetzten Küsten, Waldbrände brachen aus, orkanartige Winde peitschten über das Land. Und das Herz Europas erstrahlte in neuem Glanz. Wenn auch etwas anders, als sich so mancher Boss der industriellen Großfirmen sich dies vielleicht gewünscht hätte. Alles veränderte sich. Nun war alles hell. Immer. Die Tag-und-Nacht-Gleiche veränderte sich. Es gab einfach keine Nacht mehr. Nur noch Helligkeit. Jahrhunderte des Leidens später beschloß die Menschheit, in all ihrem Erfindungsgeist, die kleine Sonne, die man zwischenzeitlich Luzifer getauft hatte, als Abfalleimer der Welt zu benutzen. Luzifer war für alles verantwortlich, so dachten die Nachkommen, also müsse er auch den Müll fressen. Was einst als das größte Experiment gelten sollte, war letzten Endes ein Affront gegen alles, was existierte. So entstand die zweite Sonne. Die Sonne, die wir immer kannten und die Sonne, die neu entstanden war, lieferten sich einen Kampf. Wer strahlte heller? Doch letztlich verbrannte alles. Kein Leben ward mehr wegen zu viel Helligkeit. Den das Leben braucht Nacht und Tag, Wärme und Kälte oder... es vergeht. So wie die beiden Sonnen vergehen werden. Eines Tages.

Chris von Reidt

Aus Eis wird Wasser

"Ich möchte dich warm halten", sagte der Winter und legte sich zu ihr. Als die Liebe begann blühten die Vögel und die Blumen zwitscherten. Der Regen fiel aufwärts und selbst die Sonne strahlte in der dunkelsten Nacht. Die Welt stand Kopf, den was nun passierte, sollte alles verändern. Und zwar bis in alle Ewigkeit. Von Beginn an. Für Immer. Selbst der Tod schied nicht, was geschaffen wurde niemals geschieden zu werden. Die Sterne funkelten als sie auf einem Bett aus himmelblau um die Wette strahlten. Blumen fraßen Tiere. Wälder entzündeten sich selbst, nur um aus der Asche neu zu entstehen. Einem Phönix gleich rotierte die Scheibe um sich und verbrannte zur Gänze. Ein Moment lautester Stille, dann: ein Neubeginn. Die neue Ordnung. Die Ordnung aus dem Chaos. Aus Eis wird Wasser wenn das Feuer entsteht und die Siegel gebrochen sind. Dies ist nun. Die Zukunft ist jetzt. Die Vergangenheit vergangen, die Gegenwart neu geschrieben mit dem Blut von Äonen. Preiset denn nun wird gegeben. Aus der alten, kargen, toten Erde wird nun erneut eine blühende Landschaft. Wahrlich, Magie liegt in der Luft. Die Magie des Seins. Wenn Wasser bergauf fließt und Fische das fliegen lernen, dann können Katzen auch schwimmen. Das ist die Natur. Das ist die wahre Evolution.

Anm.:
So surreal ist das nicht: blühende Vögel - Pfau, Mond reflektiert die Sonne = Vollmond, fleischfressende Pflanzen fressen Tiere, es gibt eine Baumart, die sich nur durch Feuer weiter vermehrt, fliegende Fische gibt es und Katzen können sowieso schwimmen... und noch mehr

Etwas Geschichte

Die Burg im Morgengrauen

Die Burg lag Dunkel im Morgengrauen. Heute würde es sich entscheiden. Heute war der Tag. Lord Fatherby zog sein Schwert. Der Einhänder war perfekt ausbalanciert und aus dem besten Stahl gefertigt, den die Schmieden von Wessex zu bieten hatten. Ein perfektes Schwert für einen perfekten Vergeltungsschlag. Die vierzig Ritter und siebzig Landsknechte die seine Späher ihm gemeldet hatten, allesamt dem Räuberhauptmann und selbsternannten Grafen von Burg Bahlstone treu ergeben, würden den heutigen Tag nicht erleben. Sie würden sterben und sterben und sterben. Das schwor Lord Fatherby bei Gott und für England. Graf Eckelred, berühmt, berüchtigt geworden in den letzten Monaten, würde heute ebenfalls sterben. Fatherby hatte es sich zur persönlichen Aufgabe gemacht, das mordende, plündernde und brandschatzende gottlose Räubergesindel auszumerzen und seinem König den Kopf von Eckelred zu bringen. Vorzugsweise lebendig, notfalls auf einem Spieß. Seine Truppen hatten die Burg belagert. Seit zwei Monaten etwa hungerten seine Soldaten die in der Burg eingeschloßene Räuberbande bereits aus. Jeder Fluchtversuch war zwecklos, jeder Weg zur Burg wurde kontrolliert. Allmählich hatte der Hunger und die Verzweiflung die Verteidiger der Burg fest im Griff. Im Würgegriff, wie Fatherby in Gedanken hinzufügte. Die Bande hatte, nach ihrer gewaltsamen Übernahme vor etwa einem dreiviertel Jahr, scheinbar nur minimale Vorräte angelegt. Ein schwerwiegender Fehler, wie sich jetzt herausstellte. Die Räuber waren auf einen ständigen Zustrom von gestohlenen Waren angewiesen. Fatherby lächelte. Nicht ob der Tatsache, die Belagerung schon heute durch einen Angriff zu beenden wie es sein König von ihm verlangte. Fatherby hatte sich entschieden dagegen ausgesprochen. Er hätte lieber noch ein wenig länger gewartet um die Verteidiger weiter zu schwächen oder sie zu einem Ausfall zu zwingen und dann zu vernichten, doch der König, sein König, hatte andere Pläne. Die Nordmänner waren wieder gelandet und sein König brachte jedes verfügbare Schwert, um die Barbarenhorden zurückzudrängen. Nun, erst das eine Problem, dann das Andere. Laut Berichten von Spähern und den wenigen Überlebenden der vergangenen Gemetztel waren die Heiden allesamt zwei Meter hohe Hühnen. Mit Schwertern und Äxten bewaffnet kämpften sie auch nach den schwersten Treffern noch weiter. Nun, Fatherby war nicht dumm. Es lag wohl viel Wahrheit in diesen Aussagen und er, als einer der Paladine des Königs, war wahrlich besorgt. Als die Späher dann aber über feuerspeiende, neunschwanzige Riesen mit vier oder sechs Armen berichteten, mußte Fatherby lachen. Gott bewirkte sicherlich so manches Wunder und viele schwere Prüfungen an ihren Glauben und auch der Belzebub stellte ihren wahren Glauben ein ums andere Male auf eine harte Probe, aber derlei Kreaturen waren wohl eher der übertriebenen Phantasterei der verängstigten Soldaten entsprungen, als ihre Heimat im Diesseis zu haben. Sei es drum, Lord Fatherby würde es bald selber herausfinden, doch zunächst galt es, den Dorn im Fleisch des Königreiches herauszuschneiden, der sich zu einem waren Eitergeschwulst entwickelt hatte. Mit Feuer und Stahl würden seine Soldaten das Geschwür herausschneiden. Eckelred, dein Tod heißt Fatherby! Und langsam ging die Sonne auf.

Acht für Sechzig (mit Björn Schildbrecher)

Die Schlacht tobte erbarmungslos. Pfeile flogen, Bolzen drangen in Fleisch, Äxte zerhackten Gewebe und Schwerter trennten Gliedmaßen wie heiße Messer Butter. Mitten drin im größten Getümmel befand sich Björn Schildbrecher, der stattliche junge Mann, der vor kurzem zum Jarl ernannt wurde. Björn kämpfte mit Berserkerwut. Es stand nicht gut um die kleine Gruppe Krieger, die direkt in den Hinterhalt der englischen Patrouille geraten war. Sechzig zu zwanzig. Björns Krieger waren in der Unterzahl. Nur ihr Mut und ihre Kampferfahrung konnte das Blatt jetzt noch wenden. Jarl Björn Schildbrecher wurde von seinem König zu einer Erkundung ausgeschickt. Die dreißig Langschiffe der kleinen Wikingerarmee ankerten versteckt ganz in der Nähe in einer Bucht. Die knapp achthundert Krieger warteten auf die Meldung der Späher, die Björn ins Innere des Landes geführt hatte, um die reichen und fettgefressenen Engländer zu überraschen und dann mit ihrer Streitmacht zu überfallen. Und wahrlich, sie hatten etwas entdeckt. Reiche Beute und mehr Schätze, als sie jemals würden ausgeben können. Eine Stadt, gar nicht so weit von ihrem Ankerplatz entfernt. Nur wenig befestigt trennte lediglich eine Holzmauer die Wikingerkrieger von ihrer reichen Beute. Doch zunächst galt es, der englischen Patrouille zu entgehen. Sie mussten also nicht nur überleben, sondern auch alle feindlichen Soldaten töten oder gefangen nehmen, sonst wäre der gesamte Raubzug zu Ende, noch bevor er überhaupt angefangen hatte. Wenn auch nur einer der Engländer entkam...

Björn spürte es mehr als er es hörte oder sah. Er konnte gerade noch den Kopf zur Seite neigen, doch die Klinge ritzte bereits seine Wange. Der Stahl der Engländer war gut und scharf, Blut spritzte direkt aus der aufgeschnittenen Wunde. Knapp, sehr knapp. Er konnte mit seinem Schild gerade noch den zweiten Hieb abwehren, da sah er sich auch schon zwei Angreifern gegenüber. Der eine hieb mit dem Schwert nach ihm, der andere versuchte ihm den Schädel mit einer Axt zu spalten. Der Soldat hatte wohl sein eigenes Schwert verloren oder es steckte, zum leidwesen von Björn, in einem seiner Kameraden. Björn wehrte die Axt mit seinem Schild und das Schwert mit seiner eigenen Klinge ab, dann trat er dem ihm am nächsten stehenden Soldaten gegen den Bauch und durchbohrte den anderen mit seinem Schwert, indem er seinen eigenen Schwung ausnutzte. Stahl durchdrang Stahl und Stoff, dann Haut und Fleisch. Der englische Soldat ließ sein Schwert fallen, griff sich an die Brust, röchelte und spuckte Blut. Björn hatte keine Zeit dem Sterbenden noch ein weiteres Mal seine Klinge in den Leib zu rammen. Der mit einer Axt bewaffnete feindliche Soldat hatte sich von dem Tritt erholt, griff erneut an und hieb wie ein Wilder auf Björns Schild ein. Harte Schläge trafen das mit Eisen verstärkte Holz. Björn seinerseits, nachdem er sein Gleichgewicht auf dem matschigen Waldboden wieder gefunden hatte, verpasste dem Soldaten mit der Schildkante einen deftigen Stoß. Der Soldat taumelte zurück und Björn trennte ihm mit einer schnellen Bewegung den Arm am Ellbogen ab. Die Hand mit der Axt fiel zu Boden. Der Soldat schrie aus Leibeskräften. Sein Armstumpf blutete heftig und Hautfetzten hingen herunter. Björn beendete sein Leiden schnell, indem er ihm die Klinge von schräg unten in den Hals rammte, so dass sie am Hinterkopf wieder herausdrang. Der feindliche Soldat kippte nach vorne. Sein Schrei verstummte abrupt. Björn atmete schwer. Er hatte wohl um die zwölf feindliche Soldaten ausgeschaltet und war dabei, sah man von der heftig blutenden Wunde die seine Wange zierte und einigen Schnitten und Prellungen, relativ unverletzt geblieben. Björn schaute sich um. Von den sechzig englischen Soldaten stand nur noch einer. Der Rest lag blutend, tot oder sterbend auf dem Waldboden. Der letzte Überlebende versuchte gerade, sich auf das

16

Pferd seines Kommandanten zu schwingen, als die Wurfaxt, die Björn seit neuestem am Gürtel trug und ein wohlgezielter Axtwurf mit eben jener Wurfaxt jeglichen Fluchtversuch vereitelte. Mit einer gespaltenen Wirbelsäule konnte der Flüchtige nicht mehr reiten. Damit waren es dreizehn Soldaten. Björn zählte bei jeder Schlacht mit. Er wollte Odin persönlich Bericht erstatten, wenn dieser ihn Fragen würde, wieso ausgerechnet er, Björn Schildbrecher, nach Walhalla eintreten wollte und ob er sich als würdig erwiesen hatte. Björns Krieger hatten die Schlacht gewonnen. Er konnte Odin also mit Stolz begegnen. Sechzig Engländer lagen auf dem matschigen Waldboden. Björn verlor fünf Krieger und hatte weitere zwölf Verletzte. Nach dem er sich einen Überblick verschafft hatte, bemerkte er, dass es von den Zwölf wohl nur neun zurück zu den Schiffen schaffen würden. Immerhin, acht für sechzig. Bei Odin, ein guter Schnitt! Björns Krieger plünderten die Toten, töteten die Sterbenden und verscharrten die leblosen Soldaten im Unterholz. Die eigenen Toten und Verletzten nahmen sie mit zur Küste, um sie in aller Ruhe zu bestatten. So setzten sie ihren Weg zur Küste fort. Ein kleiner Sieg in einer langen Kette von Schlachten lag hinter ihnen, viele Abenteuer und große Beute wartete noch vor ihnen.

Melancholie

Der letzte Schnitt seines Lebens

"Töte mich!", schrie der Verstand und der Körper antwortete: *"Ich würde gerne, doch ich darf nicht."* *"Wieso?"*, versuchte der Verstand zumindest die Beweggründe zu verstehen, die den Körper blockierten, den letzten, den wahren, den tiefen Schnitt durch das eigene Fleisch zu tun um dem Schmerz, der dumpfen Tristheit des Daseins zu entkommen. Seufzend wiederholte er: *"Wieso?"*Der Körper lachte. *"Weil ich existiere um des existierens Willen. Nicht aus Zielen, weil ich es kann."* Der Verstand verzweifelte. Er hatte gehofft wenigstens eine klare, eine verständliche Antwort zu bekommen.Vielleicht so etwas lapidares wie "Schmerz geht, Stolz bleibt" oder irgend etwas in der Art. Verzweiflung breitete sich aus. Er hatte vertraut, doch jeder, ausnahmslos jeder hatte ihn enttäuscht. Versprechen wurden gemacht, Versprechen wurden gebrochen. Jetzt war er allein. Endgültig. Wenn er sich schon nicht einmal auf seine ihm Nahestehenden verlassen konnte. Ent-täuscht. Vorher Ge-täuscht. Ver-lassen. Wenigstens das stimmte. Nun schaute er durch die körperlichen Augen in hohle Fratzen. Dumme, starre, tote, missmutige Augen starrten zurück. Begafften ihn. Tuschelten über ihn. Hätte er es gekonnt, er hätte sie alle ausgelöscht. Doch seine Macht, sein Glanz, seine Gnade war vergangen. Er war mitten unter ihnen. Schwamm auf ihnen, wurde getragen von ihnen. Wie er sie hasste. Wie er die Lügen hasste. Die Dummheit und vor allen Dingen, die Propagierung von Dummheit. Mittlerweile hielten sie Wettbewerbe ab, wer die dümmsten Dinge tat. Der Verstand verzweifelte und mehr. Hatte er die Kontrolle, schnitt er in das Fleisch, immer auf der Grenzen, den einen, den tiefen Schnitt zu tun der dieser Qual und dieser Lüge HIER ein Ende bereiten würde. Dann sprang etwas an. Ein Funke. Niemals

aufgeben! Er hatte es zu oft gehört. Zu oft aus den Mündern derer, für die er die Melk-Kuh gewesen war. Er gab, wenn er hatte, er gab alles was er hatte. Und sie? Versprachen, doch wenn es hart auf hart kam, wenn er mit dem Rücken zur Wand stand, dann flüsterten sie nur noch. *"Ich hab ja jetzt dies und das"* oder *"nee, ich helf dir später, ich muss noch an die Wand starren und Videos liken."* Respektlos. Und sprach er es an? Nicht mehr. Nie wieder würde er sein wahres Ich denen zeigen, auf die er nicht bauen konnte. An jenem Tag, zwischen Schmerzen und Dummheit, schwor er sich, dass sie sein wahres Ich nur noch zu Gesicht bekommen würde(n), wenn er die Fesseln gesprengt hatte. Auf die eine oder die andere Weise. Doch das lag nicht mehr in ihren Händen. Zu oft ver-traut. Aus ver-traut wurde ver-lassen. Nun heißt es für sie: bring etwas und mach deine Worte wahr oder ich werde dich neu beurteilen. Doch dann werde ich nicht mehr leiden. Auf die eine oder die andere Weise. Er freute sich auf den Tag, wo er endlich schneiden konnte. Der letzte Schnitt seines Lebens. Schon bald.

Kälte und Schmerz

Er stand in der Kälte. Sein Körper schrie nach Ruhe und Wärme. Sein Kopf, körperlich, blockiert. Sein Verstand, eisklar. Er musste früh raus, sie wollte ihn wecken. Sie schlief. Er war alleine wach geworden. Wach in einer Welt voller Dummheit. Wach in einer Welt voll der Lüge. Und sie? Sie schlief. Seelenruhig. Selig. Er war wach. Und Kälte und Schmerz erwarteten ihn. *"Das ist das Leben?"*, fragte er sich, *"dieser Scheißhaufen?"*. Dumme Gespräche. Lügen. Geschrei. Gewalt. Sex. Konsum. Mehr Lügen. Mehr hohles Geschnatter. Mehr Geschrei. Und immer wieder Kälte und Schmerz. Kälte und Schmerz. Seine beiden einzigen Begleiter. Warum wurde er zu Eis? Wegen Kälte und Schmerz. Nur totes fühlt nichts mehr. Er wollte tot sein. Was fühlte er? Alles und Nichts. Kälte und Schmerz. Kälte und Schmerz. Kälte und Schmerz. Selbst das Wasser war verseucht. Alles war verseucht. Und es kümmerte... Niemanden. Die, die es wussten partizipierten daran, auf die eine oder die andere Weise und die, die es nicht wussten, oder schlimmer noch, die es nicht wissen wollten, waren letzten Endes die Leidtragenden. Mit denen zusammen, die wussten. Mit allen Anderen. So stand er in der Kälte. Wach und voller Schmerz, während sie schlief. Seelenruhig. Selig. Nun, er hatte keine Seele und sie war nicht wach, als er erwachte. Er war alleine. Umgeben von Kälte und Schmerz.

Motivationssprüchlein

Hater und Neider

An alle die mich hassen:

Ihr macht mich stark.
Euer Hass nährt mich und macht mich besser.
Jeden Tag.
Und eure Feigheit und euer Unvermögen,
gegen mich zu bestehen belustigt mich.
Brennt ihr Narren!
Brennt und erhellt auch meine Nacht!

Chris von Reidt

Aus dem Leben

Wie ich versuchte die Welt zu retten,
bevor ich sie vernichtet habe.
(von H.U.Man)

Hat das Leben einen Sinn. Und welchen spielen wir darin?
So oder so ähnlich kann man sich meinen Zwiespalt heute morgen
vorstellen, als ich mich entscheiden musste, ob ich auf die Toilette
gehen oder doch einfach im Bett bleiben sollte.
Weltbewegend? Vielleicht. Wenn man der Chaos-Theorie Folge
leisten sollte, konnte der Flügelschlag eines Schmetterlings auf der
einen Seite der Erde auf der anderen Seite einen Orkan auslösen.
Bei mir war es fast ebenso weltbewegend, den wenn ich jetzt nicht
aufstehen würde, wäre es wohl zu spät. Also tat ich das Einzig
sinnvolle, ich schlief wieder ein. Ich träumte von reißenden
Flüssen, Wasserfällen und orkanartigen Niederschlägen. Als ich
zwei Stunden später aufwachte, war das Gefühl von bedrückender
Körperlichkeit verschwunden. Die nächsten zehn Minuten
verbrachte ich dann allerdings doch auf der Toilette. Ich denke
mein Körper hatte aus Trotz einfach seine Funktion nach hinten
geschoben. Komische Welt.
Beim Frühstück kam mir dann die Frage, warum wir leben, wenn
wir doch eh sterben müssen. Als mein Marmeladentoast sich aus
meiner Hand löste, mehrfache Schrauben und Pirouetten in der Luft
vollführte um dann mit lautem Klatschen auf die bestrichene
Marmeladenseite zu fallen, kam mir dieser Gedanke. Sinn oder
Unsinn. Wir leben. Nur damit wir irgendwann, manche später, mein
Marmeladentoast früher, den Abgang machen müssen? Welchen
Sinn hat dann dieses Leben? Und wenn man sich die lächerlich
kurze Zeitspanne vorstellt, die wir Leben nennen, kommt man
schon ins grübeln, ob und wieso es sich dann noch lohnt, einen

22

zweiten Toast mit Butter und Marmelade zu beschmieren, nur damit dieser vielleicht auch wieder auf den Boden der Tatsachen fallen könnte. Komische Welt. Aber genauso verhält es sich mit Gefühlen. Liebe und Hass, Anziehungskraft und Abstoßung. Magnetismus in Form feinster Moleküle gepresst. Wie mein Orangensaft, nur mit weniger Fruchtgehalt. Immerhin fast 70 Prozent reine Orangen. Fast besser als jede Beziehung die ich im Bekanntenkreis je erlebt habe. 70 Prozent reine Orangen wiegen wohl mehr auf als 70 Prozent Zustimmung zu einer Beziehung oder ist es doch genau umgekehrt? Jedenfalls gilt das für die Menschen oder? 70 Prozent. Komisch. Die Erde besteht zu 70 Prozent aus Wasser, der Körper besteht zu 70 Prozent aus Wasser. Jedenfalls grob geschätzt. Manchmal gilt er auch als Hohlkörper. Jedenfalls zwischen den Ohren. Hatte ich erwähnt, dass weltweit 70 Prozent aller Steuergesetze aus Deutschland kommen? Aber sei es drum, wieso ist alles in Gegensätze aufgebaut? Feuer und Wasser, Wind und Erde, Liebe und Hass, oben und unten, links und rechts. Wo bleibt die Mitte? Das Zentrum der Waage. Meine Waage beschwerte sich jedenfalls heute morgen über mich. Ich hätte wohl nach dem Toilettengang und vor dem Frühstück darauf steigen sollen. So hätte ich wenigstens ein bis zwei Kilo gut gemacht. Für das Gewissen, versteht sich. Auch so ein Ding. Kann man keine Gefühle haben und trotzdem ein Gewissen? Was macht das dann mit einem? So als Vollblut- Psychopath lebt es sich doch einfacher. Warum wird man dann mit einem Gewissen ausgestattet? Damit man es "besser machen" kann? Denkt auch mal einer an mich? Außer meine Waage?! Nachdem ich nun an diesem herrlichen Tag, es regnet in Strömen, aber ich muss ja nicht raus, über Sinn und Unsinn philosophiert habe, kommt mir ein Gedanke: Perspektive. Ist es besser mit dem Flugzeug zu fliegen oder auf der Erde zuzuschauen wie es abstürzt? Ich meine, wenn das Leben sich aus Erfahrung zusammensetzt, welche sollte man dann mitnehmen?

23

Nur die Guten, würden manche meinen. Aber kann man aus guten Erfahrungen wachsen? Kann man überhaupt aus seiner Haut. Immerhin erneuern sich alle Körperzellen und alle sieben Jahre steht ein komplett neuer Körper vor einem. Zumindest wenn man vor einem Spiegel steht. Was nimmt man dann mit? Ist es die Erfahrung? Ist es die Essenz aus der Erfahrung, also nicht die Erinnerung? Sollte man so aus Fehlern lernen? Sich nicht daran erinnern, an "seine Story", sondern seinen Typ verändern, so das dieser Fehler nicht mehr auftritt? Ich benutze jetzt übrigens Schaumfestiger. Ist besser für die Haare, da Gel zu sehr verklebt und im Laufe des Tages an der Kopfhaut zieht. Schaumfestiger ist da angenehmer, weicher. Weicher, wie das Leben. Nicht immer alles so ernst nehmen. Oder manches ernster nehmen? Verbissen im Kleinen, locker im Großen. Gilt aber nur, wenn dir kein Klavier auf den Kopf fällt. Klaviere sind groß. Aber im Verhältnis zu einem Ozeandampfer eher klein. Verhältnismäßigkeit. Relation. Alles in Relation gesetzt. Heute ist übrigens Weihnachten, oder Jule, oder die Saturnalien, oder Zuckerfest, oder Hanucka, oder was auch immer du für einen Glauben hast. Komisch nur, dass diese Feste alle immer im selben Zeitraum stattfinden. Weil wir ja so verschieden sind. Wie Haargel und Schaumfestiger halt. Und doch kleben wir die Haare zusammen. Vielleicht sollten wir mehr darauf bauen, was uns verbindet und die Unterschiede als Chance sehen, von dem Anderen zu lernen oder tolles Neues zu erfahren. Oder wir schlagen uns die Köpfe mit Äxten ein? Soll auch helfen *Zwiespalt* aus der Welt zu schaffen. Als ich die Sockenschublage aufmache, frage ich mich erneut, was der Sinn des Lebens ist. Vielleicht sollte ich es einfach erfahren, statt darüber nachzusinnen und zwei unterschiedliche Socken anzuziehen? Oder sollte ich extra zwei verschiedene Socken anziehen? Warum habe ich überhaupt eine Schublade nur für Socken? Ist das schon Schubladendenken? Entscheidungen, immer wieder Entscheidungen. Und Fragen. Und

42. Warum auch immer. Letztlich schlägt der Schmetterling mit seinen Flügeln und irgendwo isst jemand gemütlich Reis. Ich mag Reis. Auch eine Form der Chaos-Theorie. Jedenfalls wenn man ganz fest daran glaubt oder?

<u>Ein Tag im Kugelhagel</u>

Kabul, Afghanistan, irgendwann im Sommer.

Oberfeldwebel Reimes, Zugführer der zweiten Fallschirmjäger Kompanie, 3. Zug, *Moskitos,* war auf Patrouille im nahegelegenen Gebiet.

Sein Auftrag bestand darin, die nahegelegenen Dörfer zu bestreifen und der örtlichen Bevölkerung ein Gefühl von Sicherheit zu zeigen, *Show of Force* wie es im Soldatenjargon heißt.

Das Ziel: eine Polizeistation in einem nahegelegenen Ort.

Sein Trupp bestand aus zwei TPZ, TruppenPanzern *Fuchs*, sechsrädrige, tonnenschwere gepanzerte Transporter und zwei Dingos, modernste Radpanzer in Anlehnung und Aussehen einem Geländewagen gleich, aber mit dem Chassi eines Zweitonner LKW 's. Die TPZ Fuchs, jeweils mit einem MG 3, Maschinengewehr 3, bewaffnet und von einem Fahrer, einem Beifahrer und acht Soldaten besetzt sowie die Dingos, jeweils mit einer GraMaWa, einer GranatMaschinenWaffe (Granatenwerfer) ausgestattet und mit einem Fahrer, einem Beifahrer, einem Bordschützen und jeweils drei Soldaten ausgestattet. Jeder seiner Soldaten trug ein G36 (Gewehr 36, Heckler & Koch, 5,56mm, 30 Schuß im Magazin) mit insgesamt 180 Schuß, also sechs Magazinen, sowie eine P8 (Pistole 8, 9mm, 15 Schuß im Magazin) mit insgesamt 45 Schuß, also drei Magazinen, ein Schütze hatte ein MG4 (5,56mm) mit 300 Schuss sowie 600 Schuss zusätzlich und zwei Soldaten waren noch mit einer GraPi, einer GranatPistole, bewaffnet.

Insgesamt unterstanden Oberfeldwebel Reimes 32 gut ausgebildete, gut bewaffnete und motivierte Soldaten.

Nicht alle überlebten den folgenden Einsatz.

"Wir fuhren auf der *Sunshine Road* (Anm: *Name geändert*) Richtung Nord-Osten. Unser Auftrag war denkbar einfach. Die örtliche Bevölkerung an uns gewöhnen, die lokalen Dörfer erkunden, ein Gefühl von Sicherheit übermitteln, Show of Force eben. Das Ziel war eine Polizeistation in einem kleinen Ort etwas über 30 Kilometer entfernt. Sie müssen sich das so vorstellen. Dreißig Kilometer hört sich erstmal nicht viel an, allerdings sprechen wir hier über ein Krisengebiet. Zerstörte Straßen. Kaum zu überwindende Wege. Ständig konnte man *angetackert* werden (*Anm.: antackern: Angriff aus dem Hinterhalt, oft mit Sprengstoffen wie Bomben, Minen oder Raketenwerfern*). Die Auftragslage war klar, die Bedrohungslage überschaubar, so meldete es uns jedenfalls der Geheimdienst. Als wir an unserem ersten Checkpoint ankamen, einem einzelnen Baum irgendwo im Nirgendwo zwischen einer beginnenden Gebirgskette und einem ausgetrockneten Flussbett, schien zunächst alles ruhig. Wir hatten die Strecke schon oft bewältigt. Die Männer und die zwei Frauen meiner Einheit waren guter Dinge. Motiviert, auch wenn die nächsten Tage Feldration (*EPA/EinmannPAckungen*) auf dem Speiseplan standen. Ohne Mampf kein Kampf eben. Aber EPA ist immer noch besser als Hungern. Besonders wenn man aus den Hartkeksen und der Schokolade eine Torte zaubert. Soldaten sind halt kreativ, immer auch wenn es ums Essen geht. Der erste Halt verlief reibungslos. Wir funkten unsere Position ins Lager und erhielten von unseren verbündeten Streitkräften das Zeichen, dass alles ok war. Nach zwei Stunden fuhren wir guter Dinge weiter. Kaum als wir den ersten Gebirgsausläufer erreicht hatten, explodierte die Straße. Ein IED, *Improvised Explosive Device* (Anm.: *Improvisierte Bombe*) zerriss die obere Schotterdecke und hob das tonnenschwere Führungsfahrzeug knapp zehn Meter in die Luft. Feuer brach aus und mehrere meiner Soldaten wurden aus dem Fahrzeug geschleudert. Wie sich später herausstellte, hatten sie vergessen, die Türen des Dingos zu verriegeln. Diese Unachtsamkeit kostete zwei meiner Leute das Leben. Ich fuhr im Fuchs Transportpanzer an zweiter Stelle. Wir hatten uns überlegt, die über 30 Jahre alten Transporter in die Mitte zu nehmen, so bildeten die Dingos mit ihren Granatwerfern sowohl nach vorne als auch nach hinten eine gute Absicherung und mit ihrer moderneren Technik sicherlich auch einen besseren Schutz, obwohl die neu gebauten, modularen Fuchstransportpanzer auch wieder dem neuesten Stand der Technik Respekt zollten, doch leider waren diese für uns noch nicht verfügbar. Zu den verbauten Bomben kann ich nur sagen: oft ist es so, dass die Aufständischen gefundene oder selbst gebaute Sprengsätze unter der Straße oder unter Brücke vergraben und diese dann zünden, wenn ein Trupp Streitkräfte vorbeifährt. Die Amerikaner benutzten da eine gute Technik. Sie haben so genannte *Jammer*. Fahrzeuge mit einer Art Funkunterbrechung. Sie schalten im Umkreis mehrerer 100 Meter die komplette Funkelektronik aus. Kein Handynetz ist mehr möglich. Oftmals werden die IED's durch Handys gezündet. Ein Treppenwitz: Jeder Aufständische hat zwei Handys, eins zum Telefonieren und eins in einer Bombe verbaut. Nach dem Anschlag fliehen die Aufständischen in vielen Fällen oder lassen Beweise verschwinden und tauchen in der örtlichen Bevölkerung unter. Ganz mies ist es auch, auf unsere Sanitäter zu warten und dann eine zweite Sprengbombe zu zünden. Meine Gruppe und ich erlebten jedoch einen Hinterhalt, den plötzlich brach die Hölle über uns herein. Patronen bohrten sich in den Boden, ein schweres MG nahm den vorderen Fuchs Transportpanzer unter Feuer. Auch eine *RPG* (Anm.: *Rocket Propelled Granate / Raketenbetriebene Granate*) zischte an uns vorbei. Während ich den Befehl zum Absitzen brüllte, hämmerte mein *Stuffs* (Anm.: *Stabsunteroffizier*) bereits unsere Koordinaten in sein *SatCom* (Anm.: *Satellite Communication System/ Satellitenkommunikationssystem*) und erbat umgehende Luftunterstützung. Zwei Apache Kampfhubschrauber der Amerikaner waren in der Nähe und konnten in zwanzig Minuten zu uns stoßen. Ich gab den Befehl "Feuer auf eigenes Ermessen" für meine Soldaten und koordinierte den Angriff der GraMaWa per Funk auf den vordersten Hügel. Wir mussten das schwere MG ausschalten, nur so hatten wir eine Chance die Angreifer abzuwehren und die Verwundeten aus dem brennenden Dingo zu bergen. Nachdem die GraMaWa den Hügel eingedeckt und das schwere MG zerstört war, saß ich ebenfalls ab und warf mich hinter einer kleinen Lehmmauer in Deckung, befahl Durchzählen und merkte, dass außer der Besatzung des angesprengten Dingos niemand fehlte. Die Aufständischen hatten Glück gehabt den Dingo zu erwischen und wir hatten Glück, den die Panzerung dieser Mördermaschine hält einiges aus. Der Dingo ist ein wahrer Lebensretter. Dazu kam noch, dass wir erst seit einiger Zeit überhaupt die Panzerfahrzeuge hatten. Vorher fuhren wir mit sechs bis acht ungepanzerten Geländewagen vom Typ Mercedes GL, *Wolf*, durch dieses Gelände. Später verstärkten wir dann die Türen oder hingen Panzerwesten rein, um wenigstens ein bisschen Schutz zu haben. Wir konnten erst seit einiger Zeit auf die Dingos und Füchse zurückgreifen. Uns fehlte einfach noch schweres Gerät. Von Panzern und Haubitzen gar nicht zu sprechen. Dazu hätte man die politische Einstellung ändern müssen. Wir befanden uns ja nicht im Krieg. Friedenssichernde Maßnahmen wie es so schön hieß. Und Frieden brauchte keine Panzer. Nur, dass unsere Leute dafür starben. Kurz drängte sich mir der Gedanke an die Beerdigung meiner Kameraden und Untergebenen auf, doch erstmal müssten wir dafür überleben. Sie müssen sich das so vorstellen. Sie können üben und üben und üben so viel sie wollen. Wir verbrachten Stunden auf der Schießbahn, hatten das *GÜZ* (Anm.: *GefechtsÜbungsZentrum/ Ausbildungsstätte für Soldaten, die in Auslandseinsätze gehen*) besucht, hatten Taktiken gewälzt

und unzählige Übungen, auch unter scharfem Schuß, Gefahren...
und dann fliegen die ersten richtigen Patronen um ihre Ohren. Da
entscheidet sich dann, aus welchem Holz sie wirklich sind. Können
sie funktionieren, auch wenn ihnen der Arsch auf Grundeis geht
oder haben sie ihr Leben lang auf dicke Hose gemacht und nässen
sich jetzt ein wie ein kleines Schulmädchen? Ich habe mittlerweile
mehr als einen Zwei Meter Koloss gesehen, der sich wie ein kleines
Würmchen schluchzend und heulend in die nächste Grube
verzogen hat, nur weil es mal heiß her ging. Ich meine, wir sind gut
ausgebildet, gut trainiert und haben eine gute Kameradschaft. Wir
funktionieren, zumindest für die erste Zeit. Albträume kommen erst
später. Flashbacks kommen erst später. Doch dort musst du einfach
kämpfen. Dein Bestes geben, funktionieren. Für deine Leute, für
dich und auch für deine Familie und Freunde zu Hause. Was hast
du für eine Wahl? Wohl keine, also mach! Als die Lehmmauer von
Schüssen getroffen wurden, stand plötzlich ein Stabsgefreiter in
Rambomanier auf, schrie wie wild und bestrich den Hügel mit
Feuerstößen. Seit einiger Zeit war dieses Phänomen schon zu
beobachten. Manche behaupteten, es käme von den
Computerspielen, ich sage, das stimmt nicht, den ich spiele selber
gerne Egoshooter. Vielleicht ist es eher der absolute
Adrenalinschub, dass bei Manchen die Sicherungen durchbrennen
und sie sich wie Rambo fühlen. Bevor ich ihn nämlich in die
Deckung der Lehmmauer zurückziehen konnte, traf ihn eine
Patrone in die Brust und warf ihn nach hinten. Nach einer
Schrecksekunde robbte ich zu ihm und dachte er wäre tot, doch der
Vollidiot grinste mich nur an. Die 7,62mm Patrone steckte noch in
der Bristol, der Panzerweste, circa zwei Zentimeter weiter nach
oben und ich hätte einen weiteren Soldaten beerdigen können.
Leider darf man seine Soldaten nicht mehr ohrfeigen. Ein Glück für
den Trottel hatte die Keramikplatte das Geschoss aufgehalten. Ich
zog ihn in die Deckung zurück und versuchte, den Schützen

ausfindig zu machen, der fast einen meiner Soldaten auf dem Gewissen hatte. In circa 150 Metern erkannte ich eine Gestalt, die von Deckung zu Deckung hastete und dabei immer wieder auf uns schoß. Ich visierte den feindlichen Schützen an, überdachte kurz die Flugbahn, ließ den Schützen aufsitzen und drückte ab. Der Aufständische fiel mitten im Laufen um. Ich hatte ihn getroffen. Mein erster von drei weiteren bestätigten Abschüssen. Zumindest für diesen Einsatz. Bei wievielen ich noch mitgewirkt habe, kann ich nicht mit Bestimmtheit sagen. Ich merkte jedoch innerlich ein Gefühl der Befriedigung. Sie schoßen auf uns, wir schoßen zurück. Einfach dumm das Ganze, aber wir wollten überleben. Und wir trafen besser. Die Apache Hubschrauber bestrichen derweil mit ihren 30mm Kanonen die umliegenden Hügel und töteten die restlichen Angreifer. Insgesamt verloren die Aufständischen an diesem Tag 24 Menschen und wir drei. Dazu kamen noch einige leicht Verletzte und ein zerstörter Dingo. Wissen sie, manche halten uns für Besatzer, Andere für Befreier. Ich weiß nur, wir sind hier um einen Auftrag zu erfüllen. Ich weiß nur, ich bin hier, um den Menschen zu helfen. Ob das was ich tue ihnen hilft? Ich hoffe es, den heute sitze ich wieder auf dem Bock und fahre über staubtrockene Straßen in diesem von Kriegen gebeutelten Land. Afghanistan, ein tolles Land und viele tolle Menschen. Und wie überall, eine Menge Chaoten.

Chris von Reidt

<u>Die kürzeste Kurzgeschichte mit dem längsten Titel:</u>

<u>Ich möchte, dass du jetzt gehst, denn bevor es ausartet wäre es besser wenn du einfach deine Sachen packst und mal kurz spazieren gehst oder du bleibst wirklich dort wo der Pfeffer im Morgen wächst ohne das du jemals wieder zurück kommst, denn du raubst mir die letzten Nerven mein lieber Wichtelmann und wenn du dann wirklich nochmal zurück kommst, kannst du gleich nochmal aus der Tür gehen denn ich möchte dich ja eigentlich nicht mehr hier haben, also:</u>

Geh!

Chris von Reidt

Panik!

11. November 2018

Er lief durch die Einkaufspassage. Die Schüße peitschten. Überall um ihn herum explodierten Sprengsätze. Splitter flogen. Körper fielen. Kalte Körper auf dreckige Böden. Das einstmals sonore Gejohle aus den überall hängenden Lautsprechern war schon längst verstummt. Scherzende Verkäufer und Verkäuferinnen, fröhliches Lachen, verstummt. Stattdessen; überall Chaos, Schreie. Und immer wieder Schüße. Blut lief aus Wunden toter, sterbender oder verletzter Menschen. So viel Blut. So viel Chaos. John Simore taumelte durch die Verwüstung. Mehr Explosionen. Wie war er nur da hinein geraten? Wieso war er heute einkaufen gegangen? Was passiert, wenn wir sterben? Dutzende Fragen hämmerten auf sein Unterbewußtsein. Dutzende Fragen, auf die sein panischer Verstand niemals eine Antwort finden würde. John taumelte vorwärts, trat auf eine Hand und erschrak. "Es tut mir leid", sagte er und wollte sich schon herunterbeugen um dem am Boden liegenden Menschen aufzuhelfen, bis ihm bewußt wurde, dass die Hand keinen Körper mehr hatte. Da war kein Mensch mehr! Die Hand war oberhalb des Ellbogengelenks abgerissen. Der Unterarm war versenkt. Den Ringfinger zierte ein goldener Ring mit Diamant. Blutdiamant. John erstarrte. So viel Tod. So viel Zerstörung. Einstmals ein Hort der modernen Pilgerstätte, Konsumtempel und Lebensspender für tausende und abertausende Menschen jeden Tag. Bunt und lärmend, fröhlich, lachend. Nun, verstummt. Bis auf die Schüße, die Explosionen und die Schreie. So viele Schreie. So viel Panik. Zwischendrin, ein Wimmern. John blickte sich um. Durch den Staubnebel erkannte er ein kleines Mädchen, vielleicht drei oder vier Jahre alt. Die Leichen ihrer Eltern, zerfetzt im Kugelhagel und stellenweise verbrannt von den kleinen Feuern lagen neben ihr. Sie hielt den Schal ihrer Mutter. Das Gesicht der Frau war in zwei Teile gebrochen. Surreal. Abstoßend. Das kleine Mädchen schluchzte. Weinte. John fasste neuen Mut. Er würde hier raus kommen! Er würde dieses kleine, unschuldige Mädchen retten! Retten aus der Hölle, die Saarbrücken so plötzlich überkommen war. John sprang aus seiner gebückten Haltung auf. In seiner Panik hatte er die am Boden liegende Hand aufgehoben und fest umschloßen. Er warf sie vor sich. Tot und Vergessen. Doch es gab Leben! Er musste Leben retten! Die Schüße peitschten wieder. Der Putz spritzte aus den Wänden, Werbeschilder explodierten in tausende Glas- und Plastikfetzen. John hatte das kleine Mädchen gepackt und auf den Arm gehoben. Plötzlich. Rufe! Er verstand sie nicht. Aus Johns Ohren lief das Blut. Eine Explosion hatte ihm die Trommelfelle zerrissen. Die Suppe aus Eiter und Blut tropfte auf das Gesicht des kleinen Mädchens. Die Schüsse peitschten ganz nah. Durch den Nebel erkannte John zwei vermummte Gestalten. Der Eine zeigte mit dem Finger auf ihn, der Andere mit einem dunklen Gegenstand, den er vor sich ausgestreckt in der Hand hielt. Scheiße! Renn! Die letzten Reste der Schockstarre fielen von John ab, er packte das kleine Mädchen fester und rannte. Rannte durch Feuer, durch Verwüstung, über Tod und Sterben hinweg. Die Schüße peitschten wieder und wieder. John wagte nicht, sich umzudrehen, aus Angst er würde stolpern und die vermummten Attentäter würden sie kriegen. Jemand schrie links von ihm. Schrill und laut und durchdringend. Irgendwo links hinter den Kassen. John rannte weiter. Er musste hier raus. Überleben. Für das Kind! Die Frau schrie erneut. Ein Schuß beendete die Panik abrupt. John lief. Er hatte es fast geschafft. Da! Der Ausgang! Die Schüße peitschten erneut. Kurz vor dem Ausgang traf John eine Kugel. Sein Schultergelenk explodierte und er strauchelte. Darf nicht aufgeben! Muss weiter laufen! John lehnte sich gegen den Ausgang, sein linker Arm hing nutzlos an seinem Körper. Seine Schulter brannte und John wurde schwindelig. Das kleine Mädchen schrie, er musste es fester packen damit es nicht herunter fiel. Seine Beine gaben nach. Nein! Überlebe! Kämpfe! Rette Leben! Schüsse peitschten. Die Kugeln hämmerten nur Zentimeter neben ihm in die Wand. Der Putz zerfetzte in tausende Splitter. Renn! Er atmete noch einmal durch, packte das kleine, schreiende Mädchen fester und lief die letzten Meter zum Ausgang. Es war wie eine Wand. Von der diesigen, staubigen Dunkelheit in das gleissende Licht der Vormittagssonne. Er war geblendet. Strauchelte. Schüsse peitschten. John lief. Draußen standen zwei Streifenwagen, die zufälligerweise in der Nähe waren und riegelten die Zufahrt ab. John schleppte sich zu einem der Polizisten, die mit erhobenen Waffen hinter ihren Dienstfahrzeugen Deckung gesucht hatten und auf das Sondereinsatzkommando warteten. Johns Schritte wurden fahrig. Er erkannte gerade noch die unendliche Trauer und die Hilflosigkeit in den Augen des Polizisten, dem er mit letzter Kraft das kleine, wimmernde Mädchen überreichte, bevor er aus dem Mund blutend zusammenbrach. John starb, aber das Mädchen lebte. Das war es wert, war sein letzter Gedanke bevor die unwiderbringliche Dunkelheit ihn in seinen Schlund riss. Sie lebte!

Gewidmet allen unbekannten Männern und Frauen die tagtäglich
Leben retten und dabei ihres riskieren.
Ihr seid Helden.

Der Abschiedsbrief

Ich bin müde. Zu müde. Zu lange hier. Schon viel zu lange. Zu viele Enttäuschungen, zu viele gebrochene Versprechen und zu viele nicht eingehaltenen Versprechungen. Ihr wollt Antworten? Jetzt? Auf einmal? Ihr wolltet vorher nichts wissen, habt euch nicht interessiert oder wenn, dann nur aus purem Eigennutz. Warum wollt ihr jetzt Antworten? Antworten auf Fragen, die ihr nie gestellt habt. Jetzt stellt ihr sie? Die Fragen? Für viele von euch war ich da, habe zugehört, Stunde um Stunde. Manchen nur Minuten, manchen von euch Monaten. Und es ging euch danach immer besser als vorher. Warum? Weil ich echtes Interesse an euch hatte. Echtes Interesse an eurem Befinden, an euren Geschichten, an eurem Leben. Und jetzt geht es mir schlecht und wem kann ich es sagen? Denen, die mich schon so oft enttäuscht haben? Die Versprechen schon so oft gebrochen haben? Die mir nicht zuhören? Die sich nur wegen Schund melden bei mir, aber nichtmal ein nettes oder lobendes Wort, wenn ich mal was gut gemacht habe? Denen? Ihr fragt mich um Rat. Ich gab euch immer Rat. Tatet ihr es wie euch geraten, ging es euch gut. Ich wollte euer Bestes. Tatet ihr es nicht, ging es euch schlecht. Warum war das so oft meine Schuld? Ist es das überhaupt? Ihr merkt doch das es läuft wenn ich was sage. Warum? Weil ich will das es euch gut geht. Dies ist mehr als ein Abschiedsbrief. Es ist ein Appell. Ein Manifest an euch alle: Kommt doch einfach mal klar. Ist Toleranz so schwer? Ist es das? Empathie? Schon tot? Versprechen einhalten nur noch eine Farce? Für mich ist es zu spät, ich bin schon zu lange hier, zu müde, zu ausgelaugt von all den Lügen und dem Schmerz. Aber ihr, ihr liebt doch das Leben oder? Dann lebt es. Lebt! Das was ich nie wirklich konnte, nie beigebracht, nie gelernt habe. Lebt! Aber ich schweife wieder ab. Auf den letzten Metern, meinen letzten Metern, versuche ich noch, euch zu motivieren. Bin ich es doch selber nicht mehr. Motiviert. Der Krug so sagt man, geht so lange zum Brunnen bis er bricht. Wäre ich doch nur Wasser. Ich würde versickern. Egal. Ihr habt mich vorher nicht gebraucht, ihr tut es heute auch nicht. Was soll es also. Ich wünsche euch allen alles Gute auf eurem weiteren Weg. Beste Grüße, das Niveau.

Das dritte Kind

Bernd war Kafka. Zumindest für diese Woche. Letzte Woche war er Freud. Den Ödipuskomplex nachzustellen gestaltete sich aber selbst für Bernd ziemlich schwierig. Seine Mutter Sandy, mit Sssss, war eine 140 Kilo schwere Frau, die mit ihren nun gerade mal 28 Jahren zum vierten Mal schwanger war. Diesmal von Kevin. Kevin war auch Bernds Vater. Was ganz in Ordnung war für Kafka, also Bernd. Kevin war cool. Seine Eltern waren riesige Tommy Krappweis Fans und deswegen hieß Bernd alias Kafka auch Bernd, nicht Kafka. Ja, benannt nach einem, nein *dem* Brot. Und weil Liam schon der erste Sohn hieß, Jason der Zweite, Justin im Moment keine guten Platten rausbrachte, Kevin Twilight nicht mochte weil das "Weiberkram" war und damit Edward und Jakob auch flach fielen und weil seine Mutter etwas dagegen hatte, dass Kafka, also Bernd, ebenso wie sein Vater Kevin heißen sollte. "Kevin oder watt, bim isch bescheuert. Da hört doch da keiner meehr uff misch!", pflegte Sandy, mit Ssssss, immer zu sagen. So hieß Bernd also Bernd, ja, wie das Brot. Aber wenigstens war er nicht dumm wie Eins. Oder wie Kevin, sein Vater. Kevin war wieder zu Hause, wieder arbeitslos. Der mit einem "guten" Hauptschulabschluß bewaffnete Hartz-4 Empfänger (einer Art Sozialhilfe, wobei Kafka, also Bernd, nicht recht wusste was daran sozial, geschweige den wo die Hilfe sein sollte...) war Gelegenheitsjobber durch und durch. Sandy dauerarbeitslos, oder dauerarbeitssuchend, wie man neudeutsch sagen würde. Kafka, also Bernd, hasste diesen Verein der Schönmalerei und Augenwischerei. Dritte Generation Hartz-4. Was sollte daran schön sein? Sein Großvater war durch einen nicht gewollten, aber selbst verschuldeten Unfall in die Arbeitslosigkeit gerutscht. Er fiel bei der Schwarzarbeit von einer Leiter. Dadurch flog das Ganze auf. Und weil er nicht nur für lange Zeit Krank geschrieben, sondern auch zu alt war, schmiss sein Chef ihn kurzerhand vor die Tür. Die früher gut verdienende Familie stand plötzlich vor dem Nichts. Ein Schicksalsschlag. Hätte jeden treffen können. Ist man schneller drin als man denkt. Blabla, dachte Kafka. Er hatte es satt. Er hatte es satt der Spielball von irgendwelchen "Agenturen" zu sein. Früher stand mal "Amt" da. Wo ist das hin? Auch im Eurorettungsfond oder wie? Und sind wir mal ehrlich, wer will sich nicht was dazu verdienen? Muss man nur mal die Politiker fragen. Während der Amtszeit Gehalt und Bonis kassieren, gleichzeitig noch paar Vorträge halten und nach der ganzen Show in die private Wirtschaft wechseln und dort so richtig abkassieren. Klar, man kennt sich ja, da wird dann gern gewechselt. Heiteres Stühlerücken, dachte er. Das Ganze lief schon seit Jahren in die falsche Richtung. Und jetzt sollte er, Kafka, also Bernd, mit gerade einmal 12 Jahren, doch etwas mehr als überdurchschnittlich intelligent, in die gleiche Schiene gepresst werden wie seine Eltern? Kevin war froh, wenn er morgens auf der Toilette seine Hose ausgezogen hatte (es war auch schon anders...), Sandy, mit Sssssss, war im Gegensatz zu der Intelligentsbestie Kevin doch etwas unterbelichtet. Wobei etwas etwas untertrieben war. Sie hatte sich mit Hartz-4 TV das Hirn weggepustet. Dazu noch schön Fast Food und auf einmal ist die Milch in der Schnitte wirklich gesund und nahrhaft. Und alles was nach "V" und "W" kommt gehört dann nicht mehr zum Alfabett. Bumm, danke für dieses Gespräch. Oder auf Neudeutsch: "Ey da leck mi doch am arsch, i bims, de kellerkind!" Er hatte es so satt! Kafka, also Bernd, war mittlerweile 12 Jahre alt, seine beiden Brüder 13 und 15, sein Vater 30, seine Mutter 29, Kevin war Sandys (ja ja, mit f***k***g S wir Wissens du hohle Nuss!) dritter Babymacher. Dazwischen (wortwörtlich wie Kafka leicht verstörend feststellen musste) waren noch andere. Die konnten aber wohl gerade noch abspringen oder waren doch schlauer als ein Eimer Kartoffeln und hatten wenigstens verhütet. Nicht so Kevin.

Kevin war nie die hellste Leuchte in der Lampenausstellung gewesen. Warum auch? Gab ja Stütze. Oder Arbeit in der Werkstatt von seinem Onkel. Und Kafka, also Bernd, war der erste Sohn von Kevin. Und der dritte von Sandy. Jetzt kam Sohn Nummer vier, oder zwei, je nachdem in welcher Neudeutsch Patchwork Zeitschleife man sich gerade nun wieder aufhielt. *"Gut gemacht"*, dachte Kafka, *"vermehren können die sich. Und was mach ich jetzt?"*. So jedenfalls lag er abends sehr oft sehr lange wach während sein Vater sich Fußball im 55 Zoll Flatscreen anschaute (hatte ja jeder in diesem Land das Recht auf unabhängige Meinungsbildung!) und seine Mutter daneben Zigarretten stopfte für morgen. "Muss ja irgend ne Luxus haben wa", schimpfte Sandy immer wenn Sie jemand darauf ansprach, warum sie noch rauchte oder ob sie sich das noch leisten konnte. Sie konnte. Wusste ja niemand, dass sie sich als Putzhilfe dreimal die Woche was dazu verdiente. Alles schön legal. Angemeldet auf 450 Euro sackte sie den Rest so ein. Gut für Sandy, gut für ihren Chef und auch gut für den Staat. Kann er doch bei Sandys Familie eh nicht viel holen, dann doch lieber die Mehrwertsteuer mitnehmen. Oder Umsatzsteuer, wie es eigentlich richtig heißt. Warum heißt die Mehrwert-Steuer (wird da was mehr Wert durch Mehrwert?) eigentlich Umsatzsteuer? Oder umgekehrt? *Bin doch kein Unternehmer, so als Endverbraucher*, dachte Kafka, also Bernd. Und während er sich den Kopf zermarterte, welche Teufelei doch da schon wieder hinterstecken könnte, schliefen seine Brüder tief und fest. Sie schliefen und schnarchten. Und manchmal furzten sie dabei auch. Eine nette Umgebung für ein überdurchschnittlich begabtes Kind, dachte er. Oft fühlte er sich leer. Und einsam. Mit wem hätte er reden können? Mit seinen Eltern? Beide zusammen schafften vielleicht gerade so 80 Punkte. Nicht beim IQ Test. Eher in Flensburg. Die Schwangerschaftstests waren bisher das einzig Positive in deren Leben. Obwohl Kevin schonmal dreißig Euro am

Spielautomaten gewonnen hatte. Das machte dann immerhin ein Plus von Minus 20 Euro. Doch besser vergessen, dachte Kafka, also Bernd. Und seine Brüder? Beide älter als er, hingen sie schon mit Mädchen ab, zogen sich irgend ein Zeug durch die Nase oder schnüffelten Klebstoff oder Helium und klauten Roller. Klar, sie waren handwerklich begabt, wie die Tante vom Jugendamt (aha, Amt) wohlwollend zum Besten gab um den Richter von all zu langen Jugendhaftstrafen abbringen zu können. Sie hatte das gütige Wesen der beiden erkannt und war redlich bemüht. Kafka glaubte ihr sogar. Doch an der Gesamtsituation änderte sich dadurch rein gar nichts. Der Besuch stand diesen Monat übrigens auch an. Hatte sich angekündigt. Sandy hatte schon einen Termin bei der Nageltante. "Muss ja allet saubär sein hier wa wenn die Trulla vorbei kommt", sagte sie immer. Wer nicht schnell genug beim aufräumen war, fing sich dann schonmal eine. Gut, dass Frau Bauer mal ab und zu vorbeischaute, sonst kannte seine Mutter das Saugen wohl nur von was anderem, dachte Kafka bei sich als er einschlief und das Leben verfluchte. Er würde es schaffen, das wusste er. Entweder auf die ehrliche Art, oder auf eine Andere. Aber egal wie, er würde aus diesem Rattenloch entkommen. Das wusste er und so schlief er, nachdem Jason ihm doch noch einen richtig dicken Furz ins Gesicht gehämmert hatte, unter Würgelauten ein.

<u>Dummer Dialog</u>

"Wissen Sie, ich hatte wirklich mal die Idee, ein Buch über Scheiße zu schreiben."

"Als Spiegel der Gesellschaft? Als Manifest zur besseren, lebenswerteren Zukunft? Als Möglichkeit, der Menschheit aufzuzeigen, dass wir zusammen in der Scheiße stecken und JETZT ENDLICH ZUSAMMEN arbeiten sollten? Für eine bessere Zukunft? FÜR UNS ALLE?"

"Nein, einfach weil es mich interessiert hat."

Peter M., 36 Jahre, von einem Unbekannten in seinem Büro erwürgt.

Population Zero

Nach dem Atomkrieg war alles anders. Wo einstmals blühende Landschaften waren, war jetzt nur noch eine tote, leere Wüste. Verseuchte Gebiete wohin man auch schaute. Kein Baum trug mehr grün. Alles hatte einen kranken Gelbstich. Häuser, Straßen, einfach alles überzogen mit Sand und Staub. Am heftigsten waren die Großstädte betroffen. Die Ballungsgebiete in denen die meisten Menschen lebten. Die meisten Opfer. Milliarden Tote. Nach dem ersten Schlagabtausch der atomaren Supermächte war die Welt eine Andere. Tausende und abertausende Atomraketen flogen über dutzende Länder und fanden ihre Ziele. Die Menschheit hatte sich ausgelöscht. Selbst die Kriegstreiber waren verstummt. Glaubten sie vielleicht vorher an den gerechten Krieg, wurden sie ebenso eingeäschert wie die zivile Bevölkerung. Schlachtvieh. Totes Fleisch. Staub im Wind. Jack wanderte einsam die zerstörte Straße entlang. Auf der Suche nach etwas essbarem kam er an zerstörten Häusern, ausgebrannten Fahrzeugen und einigen Skeletten vorbei. Tod, wo immer man hinschaute. Tod war alles was ihn umgab. Jack hatte die Apokalypse nur überlebt, weil er sich von seinem Instinkt getrieben in einem Abwasserrohr versteckt und zusammengekauert hatte. Als die Zerstörung los ging, stürzte der Häuserblock über ihm ein. Er war gezwungen, Tage oder Wochen, das spielte wohl keine Rolle mehr, sich von Ratten und Insekten zu ernähren und dreckiges Wasser von den Wänden des Kanals zu lecken. Das er übelebt hatte, war wohl mehr Glück gewesen. Kurz vor dem Ende seiner Kräfte stürzte eine Mauer ein und gab ein kleines Loch frei. Jack, fast verhungert und völlig aparthisch, konnte plötzlich nur noch an die Freiheit denken. Beim Hinauskriechen blieb er an einem rostigen Stahlgeflecht hängen und riss sich das halbe Ohr ab. Blut lief in Strömen. Mit letzter Kraft robbte er hinaus. Sein Glück war zudem, dass sich nicht unweit von der Stelle, wo er das Licht der neuen Weltordnung erblickte, ein nur halb angefressener Kadaver befand. Jacks Hunger trieb ihn dazu seine Zähne in das bereits verrottende Fleisch zu treiben. Sein Körper brauchte Nahrung. Sein Instinkt schrie nach Überleben. Das war auch schon wieder Tage her. Oder Wochen. Oder sogar Monate. Jack wanderte die Straße entlang. Seine Pfoten taten weh. Das einstmals glänzende Fell war vor Schmutz starrend. Sein Körper war übersät von Narben. Es spielte keine Rolle mehr. Die Zeit spielte keine Rolle mehr. Der Schmerz, der Schmutz, die Narben. Nichts spielte noch eine Rolle. Es ging nur noch um das Überleben. Um das Fressen. Schöne neue Welt.

Nicht mit mir!

Julia fühlte sich unwohl. Der Glatzkopf starrte sie die ganze Zeit an. Seitdem die Mitte 20 Jährige, blonde Frau in das Eckkaffee gegangen war, hatte der Typ sie angestarrt. Hatte ihren Körper gemustert. Ihre Brust, ihre Hüften, ihren Hintern. Julia schauderte bei dem Gedanken, was der Typ sich wohl ausmalen würde. Dabei wollte sie doch nur einen Cappuchino trinken nach dem harten Tag im Büro. Den Stress vergessen. Die nervigen Kunden vergessen. Die Launen ihres Chefs vergessen. Jetzt glotzte so ein riesen Typ sie die ganze Zeit an. Zog sie förmlich mit seinen Blicken aus. Ekelhaft. Julia schaute verstohlen zu ihm herüber und nippte dabei an ihrer Tasse. Der Typ glotzte sie an, lächelte und stand auf. Er kam direkt auf sie zu und ohne zu fragen schwang er seinen beleibten Körper auf den Stuhl ihr gegenüber. "Na Puppe, haste was gesehen was dir gefällt?", blaffte der Kerl sie an. Julia, starr vor Schreck, brachte nur ein "Wie bitte?" heraus. "Na ich hab doch gesehen, das du mich angeguckt hast du Luder", sagte der beleibte Glatzkopf erneut, "brauchst gar nicht ein auf verklemmt zu machen". "Bitte lassen Sie mich in Ruhe", versuchte es Julia im Guten, nachdem sie ihren Mut wieder gefunden hatte. Die schöne junge Frau war Anmachen gewöhnt. Viele Männer, egal welchen Alters oder welcher Herkunft, bewunderten ihre Schönheit und oftmals fiel auch der ein oder andere dumme Spruch, aber so eine Anmache hatte sie noch nie erleben müssen. "Ich geh jetzt", sagte sie und stand auf um an der Kasse zu bezahlen. "Oh, lauf doch nicht weg Puppe. Zier dich doch nicht so. Du willst es doch auch", kamen die Sprüche hinter ihr her. Julia wurde innerlich übel. Blut stieg ihr in den Kopf. Sie bezahlte und flüchtete regelrecht aus dem kleinen Kaffee. Sie wollte nur weg. Wollte nur zu ihrem Wagen und nach Hause zu ihrem Freund. Am Fahrzeug angekommen kramte sie in ihrer riesigen Handtasche nach dem Schlüssel, als sie der

Glatzkopf unsanft am Arm packte und zu sich herum zog. "Was ist jetzt Puppe? Gehen wir zu mir oder zu dir?" Der Sabber hing dem Kerl in seiner Schnauze. "Lassen sie mich in Ruhe", schrie Julia von Panik erfüllt. Der Parkplatz war menschenleer und aufgrund des Regens waren auch sonst wenig Menschen unterwegs. Der Glatzkopf fasste ihr an den Hals und wollte sie würgen. Die Panik drohte Julia zu übermannen. Sie würde hier sterben! Plötzlich explodierte etwas in ihrem Kopf. Der Faden riss, die Mauer fiel. Die Zeit verlangsamte sich schlagartig. Sie erinnerte sich an alles, was ihr ihr Freund, von Beruf Krav Maga Ausbilder, in den letzten Monaten beigebracht hatte. Die schinkengroßen Finger schloßen sich fester um ihren Hals. Sie ließ die Handtasche fallen, rammte dem Glatzkopf ihren Autoschlüssel in den Hals, verdrehte ihm den Daumen und lockerte damit seinen Griff. Keine Zeit zu atmen. Sie schlug ihm mehrfach mit der Faust ins Gesicht. Gezielte Schläge auf die Nase und das Kinn. Etwas brach. Julia schlug noch mehr zu. Der Riese taumelte zurück. Mit Widerstand hatte er wohl nicht gerechnet. Julia schlug mit aller Kraft und Härte zu. "NICHT MIT MIR!", schrie die zierliche Blonde, trat dem Riesen die Kniescheibe heraus, rammte ihm ihr Knie in den Unterleib und als er sich vor Schmerzen krümmend nach vorne beugte, hämmerte sie ihr Knie gegen sein Gesicht. Der Glatzkopf kippte nach hinten und ging KO. "NICHT MIT MIR!", sagte Julia und atmete schwer. Ihr Geist formte das Gesicht ihres Freundes: "Solange er lebt, ist er noch eine Gefahr. Schalt ihn aus. Oder wie jemand vom SEK mir mal gesagt hat, *Keine Zeugen, denk dran.*" Julia schaute sich um. *Checking the Area.* Der Parkplatz war leer. Niemand der ihr zu Hilfe gekommen war. Niemand der dies hier gesehen hatte. Sie trat von oben mit aller Kraft auf das Gesicht des Vergewaltigers. Der Schädel zerbarst. NICHT MIT MIR! Julia hatte gewonnen. Die Menschheit hatte gewonnen. Julia hatte überlebt und was sie zu diesem Zeitpunkt nicht wusste, sie hatte einem der schlimmsten

Serienvergewaltigern das Handwerk gelegt. Ralph Müller wurde schon häufig straffällig, doch bisher niemals geschnappt. Nun hatte er seinen Meister gefunden und während sein Schädel zermatscht und sein Körper Urin und Kot in seine Hose ergoß, rief Julia, die zierliche blonde junge Frau die Polizei. Standartmäßig wurde sie wegen Totschlags angezeigt, doch aufgrund §227 Bürgerliches Gesetzbuch und der Beteuerung, aus reiner Panik nachgetreten zu haben, wurde sie freigesprochen. Ein großer Sieg für die Gerechtigkeit, wie es die Presse hinterher darstellte. Julia war es egal. Sie hatte überlebt. Und jetzt wusste sie, dass sie niemand jemals mehr anfassen würde. Zumindest wenn sie es nicht wollte.

Julia stieg in das Geschäft ihres Mannes ein. Heute unterrichtet sie mit großem Erfolg Selbstverteidigungskurse für Frauen und Mädchen. Ihre Kurse "Nicht mit mir!" sind regelmäßig ausgebucht und haben wohl schon einigen Frauen das Leben gerettet. Dank Julia ist Krav Maga in aller Munde und auch auf so manchen Nasen wiederzufinden.

Doch kein Cosplay?

Hi, mein Name ist Seth Anderson, ich bin 28 Jahre alt und arbeite als Innendienstmitarbeiter für den Telefonservice einer großen Warenhauskette. Zumindest offiziell, denn in meiner Freizeit gehe ich meinem Hobby nach. Ich mag Cosplay und lese Unmengen von Fantasy und Science Fiction Geschichten. Manche würden mich wohl als Nerd bezeichnen. Jemand, der total auf so ein Zeug steht und ja, sie haben Recht. Ich steh total auf Fantasy und Cosplay. Doch was mir letztens passiert ist, ist einfach nur unglaublich...
Es war ein wunderschöner Sommertag. Die Sonne strahlte und der Himmel war herrlich blau. Weder Wolken noch Flugzeugabgase durchzogen diese wunderbare Kombination aus strahlender Sonne und herrlichem Himmel. Vögel zwitscherten und ein laues Lüftchen wehte. Ich hatte mir extra Urlaub genommen, den es stand das Ereignis des Jahres bevor. Die Epic-Con! Eine Convention, die nur alle zwei Jahre stattfindet und mittlerweile weltweit bekannt ist. Millionen von Besuchern täglich. Cosplay aus aller Welt so zu sagen. Ich freute mich riesig, denn zeitgleich hatte einer meiner neuen Lieblingsautoren, ein noch relativ unbekannter Autor, der jedoch fleißig schrieb und sehr viele Genres abdeckte, dabei jedoch immer authentisch und gut lesbar blieb, ein neues Fantasy Buch herausgebracht. Das Thema war zwar schon altbekannt, es ging um Elben und Goblins und Magie und ein uraltes Artefakt, allerdings gefiel mir der Schreibstil und die dahinter stehende gesamte Story so gut, dass ich von Anfang an gefesselt war. So beschloß ich, dieses Jahr als Emujin zu gehen. Ein Waldelbe des Wintertannenwaldes. Ich bereitete alles vor, wählte mein Kostüm und feilte an den Details. Den Bogen bezog ich über das Internet in einem Shop für LARP-Waffen. Live Action Role Play war eine Mischung aus Cosplay und Reenectment, also der kämpferischen Darstellung des Mittelalters, jedoch konnte die

Bandbreite bei LARP von Fantasy über Mittelalter bis hin zu Science Fiction oder Endzeit alles bieten. Man verkleidete sich und ja, man haute sich mit Schaumstoffwaffen auf die Nase. Ein herrlicher Spaß. Besonders weil es immer wieder auch Missionen zu erfüllen und Abenteuer zu erleben gab. Cosply und LARP, der perfekte Ausgleich für meinen stressigen Job, indem ich entweder von meinem Chef oder von den Kunden angebrüllt werde. Manchesmal gab es auch Beleidigungen. Ich badete also das aus, was Kollegen verbockt hatten. Da war die bunte Welt von *Cosplay & Co* schon verlockender. Mein Emujin Kostüm wurde auch rechtzeitig fertig und der große Tag stand an. EPIC-CON. Ein mega Event. Die ganze Stadt war gerammelt voll. Überall waren Menschen auf der Straße. Fast kein durchkommen zum Messegelände. Kostüme überall. Alles war vertreten. Von Anime, Manga, Hollywood Filmen bis hin zu Fantasy, Computerspielen und Science Fiction. Alles war bunt und aufregend. Man konnte sich kaum satt sehen. Schon der Eingangsbereich platzte aus allen Nähten. Menschen, Orks, Elben, Aliens, Roboter. Ein Wahnsinn. Ich fühlte mich gut, den mein Kostüm bekam sehr viel Aufmerksamkeit. Viele fragten mich, aus welchem Bereich ich meinen Emujin Elben entnommen hatte und mit ein wenig Stolz konnte ich den Fragenden von dem jungen, aufstrebenden, neuen Autor berichten, den ich mit als Erster entdeckt hatte. Ein herrlicher Anfang für die Epic Con. Ich schlenderte also durch die riesigen Hallen, bewunderte die anderen Kostüme und die gesamten Stände. Es gab Bücher, Filme, Comics, Zeichner und sogar Interviews mit den großen der Branche. Von den Darstellern von Game of Thrones, Vikings bis hin zu The Walking Dead waren sehr viele zur Convention gekommen. Wow, wirklich aufregend. Außerdem hatte ich in der Menge noch etwas Interessantes entdeckt. Einer der Besucher hatte sich als Squisquasch verkleidet. Den Erzgegenspieler von meinem Emujin Elben aus dem gleichnamigen

49

Fantasyroman. Ich nahm, wie mein Alter Ego Emujin in der Geschichte, also schnurstracks die Verfolgung auf, was sich wahrlich als weit schwieriger darstellte, als es wohl für den echten Emujin im Schneetannenwald gewesen war. Der echte Emujin wollte nicht entdeckt werden, als er den Skinban und seine Goblins verfolgte, ich aber wollte den Squisquasch Darsteller unbedingt kennenlernen. Mein neuer Lieblingsautor war noch relativ unbekannt gewesen, als ich ihn durch Zufall bei Facebook entdeckt habe. Ich war also einer seiner ersten Fans und so gespannt war ich darauf, noch jemanden zu treffen, der die Bücher gelesen hatte. Squisquasch tauchte immer wieder in der Masse unter. Wie im Buch griff er sich immer wieder an den Kopf um die Schmerzen darzustellen, die der von einem Dämonen besetzte Skinban, einem aus verschiedensten Körperteilen zusammengesetzten Gestaltwandler, die er aufgrund der enormen Energiemenge hatte, die sein Zauber verbrauchte um die Goblins zu kontrollieren und seine Gestalt an die der niederen Wesen anzupassen. Jedoch, der Abstand verkleinerte sich zusehens. Nur noch ein paar Meter. Squisquasch bog plötzlich um eine Ecke. Ich folgte ihm auf dem Fuße, doch was ich dann sah, verschlug mir die Sprache. Der Gang, in den Squisquasch gerade noch abgebogen war, führte ins Nichts. Am Ende des Ganges war eine Wand. Davor, etwa in einer Höhe von einem Meter sah ich verschwommen... ja was eigentlich? Es sah aus wie eine kleine, rotierende Scheibe. An den Rändern ausgefranst drehte sie sich um ihre eigene Achse und wurde immer kleiner. Funken stoben aus der Mitte. Rauch stieg auf und verflüchtigte sich ganz schnell wieder. Ich traute meinen Augen nicht. Was war hier los?

Wissen Sie, ich kann mir bis heute nicht erklären, was da passiert ist. Ich meine, er war einfach weg. Verschwunden. Rückblickend sah die rotierende Scheibe aus wie ein Portal, aber das war ja nicht möglich. Ich habe mich daraufhin eingehender mit dem AEon-

Universum beschäftig und den Autor via Facebook angeschrieben um seine Meinung dazu zu hören. Als wir uns in einem Kaffee trafen, sagte er mir, es gebe eine Theorie, dass alles, was in diesem Universum erdacht wird, auch Realität wird. Dann erklärte er mir die drei Ebenen Astral, Materiell und Superschwer und die Möglichkeiten der Quantenphysik. Er bezog sich ausserdem auf unsere eigene Sinneswahrnehmung und die Möglichkeit von Parallel-Universen. Unser Gespräch war sehr interessant. Und wissen Sie was? Mittlerweile gehe ich auf jede Convention, immer auf der Suche nach Squisquasch, obwohl ich mir nicht mehr sicher bin, ob das überhaupt ein Cosplay Darsteller war.

Der unübliche Alternative

Jünter, mit Je. Der kahlköpfige Mittvierziger mit dem aufgedunsenen Gesicht und dem Vollbart hatte einen Beruf gewählt, der wohl so auf der Welt eher unüblich war. Unüblich, nein, Jünter bezeichnete es eher als *A*lternativ. Er zog, wenn er überhaupt Socken anzog, nur ungleiche Paare an. Schwarz und Weiß, Blau und Pink, gepunktet und gestreift. Der Dualität wegen, pflegte Jünter, einmal darauf angesprochen, dann immer zu sagen. So nähte er auch seine Hosen um. Er kaufte immer eine lange und eine kurze Hose, dann schnitt er beide in der Mitte auseinander und nähte das lange an das kurze und das kurze an das lange Hosenbein. So war Jünter eben. Genau durchschnittlich, nur eben unüblich, oder eben *A*lternativ. Ein Bein in brühend heißem Wasser und ein Bein in eiskaltem Wasser ergab, laut statistischem Mittelwert, also Durchschnitt, genau lauwarm, also angenehm. So lebte Jünter. Voll am Limit. Voll am Limit des Durchschnitts, nur eben *A*lternativ. Und? Konnten Sie erraten was Jünter beruflich macht? Richtig. Er ist Pfeifenreiniger. Mit Leib, Seele und alternativem Gerät. Unüblich halt. Und *A*lternativ.

Chris von Reidt

Der Wolf der zum Schaf wurde

Es war einmal ein Wolf, der lebte wie ein Wolf, jagdte wie ein Wolf, er tat eben alles, was ein Wolf tat, denn er war ein Wolf. Nach und nach jedoch verschwanden immer mehr Wölfe, dafür nahmen die Schafe zu. Was eigentlich die Wolfspopulation anregen sollte, wurde eben nun zu einer Plage, den auch immer mehr der Wölfe verwandelten sich in Schafe. So war dieser Wolf eines Tages ganz alleine, den auch als er dachte, er hätte einen anderen Wolf getroffen, stellte sich das sehr schnell als Irrglaube heraus. Nun, was tut ein Wolf umgeben von Schafen, der, nur weil er ein Wolf ist, als Wolf geboren wurde, als Wolf erschaffen wurde, nun von der großen Masse blöckender Schafe in die Enge getrieben wird? Drei Möglichkeiten hatte der Wolf: Er würde selber ein Schaf werden. Doch dies war gänzlich unmöglich. Der Wolf hatte es versucht und war kläglich gescheitert. Ihm war es einfach nicht möglich, ein Schaf zu sein. Die zweite Möglichkeit war der Suizid. Er würde sich die Schlagadern durchbeißen und hätte endlich, nach so langer Zeit, Ruhe vor dem Geblöcke der Schafe. Diese Möglichkeit schien dem Wolf, da er sich verlassen und alleine fühlte, immer schon wie der beste Ausweg. Doch tief in seinem Inneren regte sich dagegen Widerstand. Der Widerstand, der ihn all die Jahre von eben jenen beiden Möglichkeiten abgehalten hatte. Der Widerstand, der ihn als Wolf eben auch ausmachte. Nun gab es noch eine dritte Möglichkeit und diese, davon war der Wolf überzeugt, war die Beste. So riß er ein Schaf, trank das Blut und fraß das Fleisch und zog sich die Wolle des Schafes über den Leib. Die Herde der Schafe, blöckend wie sie waren, verstanden nicht, was der Wolf da tat, wohl aber sahen sie nach kurzer Zeit die Wolle eines Schafes. Es musste sich also um ein Schaf handeln, dachten sie. So lebte der Wolf mit der Verkleidung eines Schafes und wartete auf den Tag, wo er vielleicht doch noch einen anderen Wolf traf. Einen, dem der Wolf wirklich vertrauen konnte und auf den er wirklich bauen konnte. Natürlich verschwindet bis dahin von Zeit zu Zeit mal ein Schaf, der Wolf muss sich ja schließlich auch ernähren. Aber die Schafe werden bis zu ihrem entgültigen Ende niemals erfahren, dass sich mitten unter ihnen ein Wolf befindet. Ein Wolf, der nur zum Schein, ein Schaf wurde.

Mystisches

Ein dunkles Geheimnis

Oh Claire, du bist so heiß. Tim war hin und weg. Der 16 jährige, etwas schüchterne Junge hatte sich verliebt. Claire, die gerade 18 Jahre alt geworden war und nun seit zwei Monaten mit seinem Bruder John ausging, war Tim nicht mehr aus dem Gedächtnis gegangen. Ihre Augen, ihre Haare, ihre Figur. Wow. Das dachte Tim jedesmal, wenn sein Bruder Claire mit nach Hause brachte. Tim musste sich dann auf sein Zimmer verziehen, während sein Bruder mit Claire auf der Couch rumknutschte. War wohl auch besser so, den zumindest Claire hatte wohl schon Tims Blicke bemerkt. Wie er sie heimlich anstarrte. Wie er sie begehrte. Wie er Nachts von ihr träumte. Von ihrem Lächeln, von ihrem Hintern, von ihren Brüsten. Tim musste etwas tun. Er konnte nicht nur an Claire denken. Seine Noten in der Schule wurden immer schlechter, sein Verhalten, ja sein ganzer Tagesablauf wurde von den Gedanken zu Claire bestimmt. Wunderschöne Claire. So rein und anmutig. Als John sie zum ersten mal mitbrachte, kaute Tim gerade lustlos auf einem Sandwich und schaute sich Death Note im Fernsehen an. Als er Claire zum ersten Mal sah, verschluckte er sich fast. Wunderschöne Claire. So nah und doch so fern. Tim hatte sie berührt, flüchtig. Am Arm als er hastig nach oben hetzte um sich die Schamesröte aus dem Gesicht zu waschen. Ihre Haut war so weich wie die ersten Morgenstrahlen. Wie die wärmende Sonne die nach sturmkalter Nacht aufging und die Landschaft wärmte. Oh armer Tim, er konnte nur an sie denken. Er war verdammt. Verdammt in alle Zeit. So nah... und doch so fern vom Glück. John ging regelmäßig mit Claire aus, was bedeutete, dass Claire ebenfalls regelmäßig bei ihnen zu Hause war. Ein Zustand zwischen Freude und Melancholie. So nah, zum Greifen nah und trotzdem konnte er sie nicht haben. Konnte Tim nicht mit ihr zusammen sein. Sie berühren. Ihre Lippen schmecken. Eines Abends sehr spät kam John wutentbrannt nach Hause. Die Zornesröte war ihm ins Gesicht geschrieben. Tim wollte wissen was los war, doch John ging direkt auf sein Zimmer und verschloss die Tür. Wutentbrannt schmieß er mit Gegenständen um sich und zerstörte sein Zimmer. Tim lauschte eine ganze Weile an der Tür, aber außer Flüchen und Verwünschungen war nichts aus Johns Kauderwelsch zu entnehmen. Wollte John sich nicht heute Abend mit Claire treffen? Und warum hatte er Blut auf dem Hemd? Tim war neugierig und so beschloss er, sich auf sein Rad zu schwingen und die fünf Häuserblocks zu durchqueren, um zu Claires Haus zu kommen. Er radelte also durch die Nacht. Sie war kühl. Dunkel, trotz Vollmond. Die Wolken bildeten eine schwarze, dichte Masse und schirmten das ansonsten so wohltuende, kühle Mondlicht von der Erde ab. Es regnete leicht. Eisregen. Kälte umfing ihn als er in die Straße bog, in der Claires Haus lag. Zunächst dachte Tim, sie wäre nicht zu Hause. Kein Lichtschein erfüllte die Fensterfront, doch als er näher heran kam, erkannte er eine einzelne Kerze, die auf der Fensterbank im obersten Fenster stand und einen surrealen Lichtschein warf. Er erkannte alle Farben. Sie tanzten um den Docht. Er blieb direkt vor ihrem Haus stehen. Die Straßenlaternen waren alle erloschen. Kein Licht brannte, nur diese einsame, einzelne Kerze und dennoch war Tim ganz ruhig. Als er ein Kind war, hätte die Abkehr von Licht ihm Panik bereitet, doch heute Nacht war er ruhig. Ruhig wie der Wald, bedeckt mit Schnee. Ein Bett aus Weiß. Sein innerstes drängte ihn zu klingeln. Er wollte wissen ob es Claire gut ging. Wollte sie fragen, was mit ihr passiert war und warum sein Bruder so wütend heim gekehrt war. Er stieg langsam vom Rad ab. Claire war Johns Freundin, John sein Bruder. Hin und hergerissen zwischen Neugier, Sorge um Claire und seinem Ehrgefühl obsiegte letztlich die Sorge. Langsam setzte sich sein Körper in Bewegung und er klingelte. DING DONG. DING DONG. Die Türglocke übertönte alle Geräusche. Alle die Tim jemals gehört hatte. Es gab nur Laut. DING DONG. Claire öffnete. Sie stand in einem feinen, mit Spitze und Brokat verziertem bodenlangen Kleid vor ihm. Blut war in ihrem Gesicht und auf ihrer Brust. "Claire!", rief Tim voller Schrecken. "Ich habe dich erwartet", sagte Claire und winkte Tim herein.

Jagdrevier

Das Irrlicht durchflog eine dichte Nebelschwade. Seine glänzende, runde, um sich selbst pulsierende Form berührte dabei nicht nur in der materiellen Welt die feinsten Wassertröpfchen, aus dem die tiefhängende Wolkenwand bestand. Wolken am Boden. Nebel - lebeN. Hätte das Irrlicht einen Verstand besessen, es hätte sich sicherlich darüber gewundert. So war das von Instinkten getriebene Tier magischer Machart nicht einmal ansatzweise an der Schönheit des Seins interessiert. Es war auf der Jagd. Sein bevorzugtes Beutegebiet, *sein* Jagdrevier, war der Stadtpark. Gerade zur abendlichen Stunde fanden sich oftmals noch ein paar verliebte Pärchen oder ein oder zwei Jogger, denen das Irrlicht auflauern konnte. Ein idealer Ort für ein Wesen, dessen einzige Nahrungsquelle, ja dessen einzige Existenzgrundlage, die Angst war. Pure, nackte, urgewaltige Angst. Das Irrlicht existierte davon. Es lebte davon. Vor dem Irrlicht war die kaum faßbare Seelenspur. Wie ein dünner Faden aus purer Energie zogen alle beseelten Menschen und Tiere diese feine Energielinie hinter sich her und brachten nicht nur Irrlichter, sondern auch allerlei andere magische und magiebegabte Wesen auf ihre Spur. Wesen wie Geister, Poltergeister, Dämonen und noch weitaus schlimmere, gefährlichere Arten purer Urgewalt konnten die Seelenspur wahrnehmen und ihre Beute darüber aufspüren. Das Irrlicht flog weiter. Jedesmal, wenn ein hauchzarter Finger der Nebelwand die pulsierende Form berührte glimmte das Irrlicht gülden auf. Vor ihm. Seine Beute. Ganz nah. Irrlichter klassifizierten nicht. Da sie keinen Verstand besaßen unterschieden sie nicht zwischen Tieren und Menschen und anderen Arten. Irrlichter spürten nur die Angst. Angst war ihre Nahrung. Angst war ihre Bestimmung. Irrlichter bestanden daraus. Waren aus Angst geschaffen. Erschafften Angst. Vor dem Irrlicht lief eine Gestalt. Eine menschliche Gestalt und nach menschlichen

Maßstäben wohl als eine schöne Frau anzusehen. Die junge Frau mochte sich wohl hierher verirrt haben, den normalerweise war dieser Park, der im Herzen einer Großstadt lag, abends von allerlei Gesindel bevölkert. Ein ungastlicher Ort für einen Menschen, wollte man nicht gerade überfallen werden oder sich ein Messer in die Rippen einfangen. Das Irrlicht hatte die Frau fast erreicht. Sie lief und atmete dabei schwer. Etwas hatte sie wohl zu Tode erschreckt. Etwas, dass nicht einmal mehr zwei Meter von ihr entfernt etwas mehr als einmetersechszig hinter ihr her über den Boden durch die Luft schwebte und nun seine nach Beute geifernden Tentakeln aus purer Energie ausstreckte, um die Angst zu saugen und sich zu ernähren. Fast! Fast hatten die pulsierenden Energielinien das Wesen erreicht. Die Frau drehte sich plötzlich und ruckartig herum: *HAZBANSEQUART!* Ein Lichtblitz heller als die Sonne schmorte das Irrlicht und beendete seine Existenz auf der Stelle. Der Park, vorher in schummriger, düsterer Dunkelheit gelegen explodierte in gleißendem Licht. Sternenlicht. Das Energiewesen zerbarst. Eine Überladung. Die Frau blinzelte nicht einmal. Dafür lächelte sie. *Dämmliche kleine Irrlichter*, dachte sie bei sich, *dass ist mein Jagdrevier.*

An einem Sonntag

"Wie die Heizung ist undicht? Das weiß ich selber! *Deswegen* sind Sie ja hier, um das Schlamassel zu beseitigen!", Valentin fasste sich an den Kopf. Dieser Trottel von einem Handwerker. Und dabei hatte Valentin das Haus erst vor wenigen Monaten komplett renovieren lassen. Ach verdammt, dachte er, als sein Unterbewußtsein ihm die Preise der dringend notwendigen Reperaturen und Umbaumaßnahmen Brühwarm vor das innere Auge hielt. Half ja nix. Musste ja sein. Er hätte kotzen können. Und jetzt noch diese Fremdfirma. "Notfall Manni". Ja danke fürs Gespräch! Alles nur, weil er sich mit seinem Kollegen Robin, einem der besten Heizungsbauer aus der Gegend, beim Pokern so dermaßen in die Haare gekriegt hatte, dass dieser vermutlich nichteinmal vorbei kommen würde, wenn ihm das Haus unterm Hintern wegschwimmen würde. *Ach Scheiße!* Valentins Halsschlagader pulsierte rhytmisch im Takt der Wanduhr. Poch. Poch. Poch. Der "Notfall-Manni" kniete immer noch vor der Soße, die aus dem Loch in der Wand lief und präsentierte mit delikatem Grinsen Valentin sein Handwerker-Dekoltee. *Unterhosen sind auch Luxus, besonders wenn man anderen Leuten die Ritze unter die Nase halten kann*, dachte Valentin und verzog das Gesicht. "Jo, dat Loch da müssen wa noch breiter machen wa. Nur so ne Handbreit wissen Se? Dat wa da noch dran komme könne." Oh ja, Valentin wußte. Er wußte genau wie er das Loch breiter machen konnte. Er würde einfach die Haare seines knienden Helferleins nehmen und dessen Kopf mit rhytmischen Schlägen gegen die Fliesen hauen, bis entweder der Schädel oder die Fliesen nachgaben... Nein, sowas macht man ja nicht, schallt er sich in Gedanken. Zumindest nicht in der eigenen Wohnung. Trotz das er den Hauptwasserhahn abgedreht hatte, lief die braune Soße die vormals hochglänzenden, ehemals weißen (und teuren!) Fliesen herunter und bildete dabei im

Badezimmer ein abstraktes Gemälde, surrealen Ausmaßes. *Was für Sotheby`s*, dachte Valentin. Moderne Kunst eben. Benzin, Haus, warme Sanierung. So weit war Valentin zwar noch nicht, aber die Fahrt zur Tankstelle schien ihm immer attraktiver. Und wie immer, nein, wie immer und immer und ewig passierte so ein Schlamassel an einem Sonntag! An einem verdammten, ehemals gut gelaunten Sonntag! Als wenn die Heizung entscheiden würde, ja, der schläft noch, Zeit für eine verdammte Sintflut! Oder als wenn die Tür sich sagen würde: Hey, heute falle ich mal zu und sperre den Bewohner mal aus, wird bestimmt lustig die Sicherheitsschlößer AN EINEM VERDAMMTEN SONNTAG aufbohren zu müssen. Kann ja nur laut sein! Kann ja nur teuer sein! Also los! Valentin verzog keine Miene, doch neben dem Pochen seiner Schlagader kam jetzt noch ein beunruhigendes Zucken im linken Auge dazu. "Ich müsst dann noch in de Keller wa". Valentin schlug schlagartig die Augen auf. "Äh,das ist im Moment, äh, ungünstig", sagte er und fühlte, wie sich kalter Schweiß auf seiner Stirn und in seinem Nacken bildete. Verdammt! Das hatte er total vergessen. "Äh, alles in Ordnung da unten. Nur alles vollgestellt, wissen Sie?". Valentin schwitzte jetzt deutlich. Der Handwerker mit dem verlängerten Rücken Dekoltee schaute ihn verdutzt an. "Eh falls dat da runter gelofen is wa", versuchte er es erneut. "Ähn nee, da, da ist alles in Ordnung. Da hab ich schon geschaut. Kurz bevor Sie gekommen sind", stotterte Valentin sich eine Erklärung von den Lippen, "Wirklich. Wirklich alles in Ordnung. Ja." Der Handwerker, der jetzt seit geschlagenen zehn Minuten das Loch in der Wand hinter der Heizung angestarrt hatte, war irgendwie nicht so ganz überzeugt. Sein Gesicht sprach Bände, doch nach einer kurzen Zeit, Valentin kam es wie eine Ewigkeit vor, schüttelte er sich, stand umständlich und unter ächszenden Geräuschen auf. "Is ja Ihre Hütte wa", war sein Kommentar dazu, "wat Sie da im Keller ham is mir ja Hupe ne". "Ganz richitg, ganz richtig". Valentin hatte sich jetzt einigermaßen unter Kontrolle. "Dann also, wie siehts morgen Mittag aus? Würde das bei Ihnen gehen? So gegen 15 Uhr?", fragte er. "Dat is scho klar dat dat noch weiter suppt oder?", versuchte es der Handwerker erneut, während ihn Valentin sanft zur Haustür schob. "Aba ich seh scho, Sie han wohl noch wat zu tun wa? Ei morjen Fufzehn Uhr dann?", fragte er. "Ja, das ist perfekt. Einfach Perfekt. Vielen vielen vielen Dank", strahlte ihn Valentin an während er dem Handwerker die Tür vor der Nase zudrückte. "Morgen, 15 Uhr. Einfach Perfekt". Die Tür fiel ins Schloß, die Dreifachverriegelung schnappte zu und Valentin konnte das Kopfschütteln auf der anderen Seite förmlich durch die geschloßene Tür sehen. "Perfekt", wiederholte er noch einmal, lehnte sich schweißgebadet an den Rahmen seiner schicken, neuen Haustür Marke Lightline Modell 6516-50 und atmete schwer. Er musste das Portal schließen, sonst würde es kein Morgen mehr geben.

Der Andere

Er schwang seinen Zauberstab und ein etwa sechzig Zentimeter großer Drache erschien. Grüne Farbe, geschuppte Haut, europäisches Modell mit vier Beinen und Flügeln. Vollausstattung. Genau so, wie er es sich vorgestellt hatte. Ein kleiner Drache zwar, aber immerhin. Zwei Monate Askese, Übungen für Körper und Geist, Schmerzen, Fasten und harte Entbehrungen lagen hinter ERik, doch nun hatte er es geschafft. Er hatte aus purer Energie und den Atomen, aus denen die gesamte Realtiät bestand, ein materielles Abbild seines geistigen Wunsches geschaffen. Durch reine Energie hatte er Immaterielles in Materielles geformt. Sein Meister würde Stolz auf ihn sein. Naja, zumindest würde Meister Albaan ihn nicht wieder mit dem Rohrstock verprügeln, so viel war mal Gewiss. Als ERik sechs Jahre alt war, setzten seine leiblichen Eltern ihn, *den Anderen*, wie sie ihn immer genannt hatten, vor der Tür des versteckt liegenden Klosters aus. Warum sie ausgerechnet dieses Kloster ausgesucht hatten, erfuhr ERik relativ schnell. Meister Albaan, Hüter uralter Geheimnisse, war einer der wenigen Magiebegabten, die es auf dieser Welt noch gab. Abgeschieden irgendwo im Nirgendwo war wohl eher die Frage entscheident, woher seine Eltern dies gewußt hatten. *Der Andere*. So hatten sie ihn immer genannt. ERik hatte die Gesichter seiner Eltern noch bildlich vor Augen. Die Tränen seiner Mutter und das vor Wut schäumende Gesicht seines Vaters als ERik mit Hilfe seiner Gedankenkraft wieder einmal eine Vase von einem Tisch gefegt oder einen Kugelschreiber durch die Luft hatte schweben lassen. *Der Andere*. Nun, immerhin war ERik nun nicht mehr ganz alleine. Nicht mehr rettungslos Verloren auf dem Ozean, den die Menschen Leben nennen und in dem er, ERik der Andere, Zeit seines jungen Lebens zu ertrinken drohte. Die Ausbildung bei Meister Albaan war hart. Schläge. Entbehrungen, Kargheit wohin man nur schaute.

Aber wenigstens spürte ERik nun doch so etwas wie eine Verbindung. Eine Verbindung zu dieser Welt, die ihn bisher nur Unterdrückt hatte. Die seine Gedankenkraft nicht erkennen oder, was schlimmer war, vernichten wollte. ERik war nun schon seit etwa drei Jahren in dem Kloster. Wie lange genau wußte er jedoch nicht. ERik zählte nur die Wechsel der Jahreszeiten, in denen das Weiß vom Himmel fiel und die rauhe Natur in eine stille, kalte Schönheit verwandelte. ERik liebte die Wälder um das Kloster. Manchmal konnte er sich hinausschleichen und die Natur genießen. Die Unberührtheit der Natur. Die Reinheit des Wassers und ... Schnee. Schnee der sich gleichmäßig auf die Blätterdächer senkte. Eine ruhige, kalte Stille der Besinnlichkeit. So empfand er es. Der Drache peitschte mit seinem Schwanz und ERiks kleine Kommode zerbarst in tausende Splitter. Verdammt, er hatte die Beschwörung total vergessen um sich seinen Gedanken hinzugeben. Schnell schwang er erneut den Zauberstab und murmelte dabei einige Bannzauber und mit einem PLOP und einer in sich verwirbelten Rauchexplosion verschwand der Drache und löste sich wieder auf. Zurück blieben ein stechender Geruch von Schwefel und eine zersplitterte Kommode. ERik betrachtete die Zerstörung. Jetzt würde ihn Meister Albaan doch wieder schlagen, dachte er missmutig und fing an, die Teile der Kommode zusammen zu fegen.

Phönixfeuer

Der Zauber schlug fehl. Meister Alruni verbrannte vor den Augen seiner Schüler. Der knorrige alte Magier, der trotz seiner über 200 Jahre noch vor blühendem Leben strahlte, verbrannte innerhalb von einer auf die andere Sekunde zu Asche. Nur die Spitze seines Zauberstabs entkam der Feuersbrunst die Meister Alruni selbst hervorgerufen hatte. Der Opal, der in einer Ebenholzfassund die Spitze zierte, bekam einen leichten Riss als sie vor Adept Phils Füßen auf den Marmorboden aufschlug und voller Energie pulsierte. Der Opal dampfte noch. So einer Hitze war er ausgesetzt gewesen. Die Schüler, die Meister Alrunis Unterricht beiwohnten, zeigten unterschiedlichste Reaktionen ob des Todes ihres Lehrers. Viele waren erschüttert, einige verwirrt, wieder andere zu Tode schockiert. Nicht so Phil. Er hatte alles gesehen. Hatte gesehen, wie Meister Alruni sich versprochen hatte. Wie er wegen einem vertauschten Buchstaben den Höllentod erlitten hatte. Der einzelne Todesschrei hing noch im Raum. Lebendig verbrannt durch magisches Feuer. *Magie*, hatte der alte Meister immer gesagt, *ist eine präzise Wissenschaft und keineswegs für die schwachen Geister.* Es war eine Lehre, die seine Schüler jetzt sicherlich beherzigen würden, mochten sie nicht das gleiche Schicksal erleiden wie der alte Meister.

Etwas später im Büro des Direktors
"Dir ist schon klar, dass wir dir jetzt auch ein komplett neues Aussehen verpassen müssen?", fragte der Schulleiter, Erzmagier Benett, den von Ruß und Asche bedeckten, nackten Mann von rund dreißig Jahren, der es sich mit einer Tasse Tee auf dem Sessel vor Benett gemütlich gemacht hatte. "Klar war mir das klar", sagte der Nackte und nippte an seinem Tee, "außerdem brauche ich noch einen neuen Namen. Diesmal vielleicht etwas schickes. Asparagus

65

zum Beispiel". Beide lachten. "Wohl eher bare Asparagus so wie du im Moment rumläufst", sagte der Schulleiter, "Und dir ist auch klar, dass du deinen Schülern mit dem Phönixzauber einen heiden Schrecken eingejagt hast? Zumidest ohne ihnen zu sagen, dass du nach dem Flammentod wieder auferstehen würdest?". "Das war notwendig", sagte der Nackte, der fortan Asparagus genannt werden würde, "da ist soviel Potenzial in diesen jungen Geistern. Besonders Phil ist für Größeres bestimmt. Er hat besondere Kräfte, aber wie immer bei den Begabtesten, geht er zu sorglos damit um. Diese Lektion war notwendig, glaubt mir Erzmeister." "Nun, dann wollen wir mal schauen, dass du eine neue Identität bekommst Meister Asparagus. Und das du das nächste Mal nicht die halbe Schule mit abfackelst. Das ziehe ich dir übrigens vom Gehalt ab du Draufgänger". Meister Asparagus verschluckte sich fast an seinem Limonentee. Das hatte er nun wirklich nicht bedacht.

Chris von Reidt

Exklusive Kurzgeschichten zu
TRAVELER.ROCKS Ninja Edition

Der falsche Shogun

"Er hat uns alle getäuscht!", der röchelnde und Blut spuckende
Bote brach zusammen. Großmeister Takeda konnte ihn gerade noch
stützen bevor der zu Tode erschöpfte und von Hunger und Krieg
gezeichnete Bote hart auf den Boden schlug. "Wer hat uns
getäuscht? Rede!", sagte Takeda und rüttelte den Sterbenden leicht.
Aus seinem Rücken ragten drei Pfeile. Eine Tanto Klinge stach in
seiner Brust. "Der Shogun. Er... er ist kein ... Mensch", waren die
letzten Worte des Boten. Er hatte sein Leben ausgehaucht. Takeda-
No-San, Großmeister und oberster Clanführer der IGA Ninja hatte
die Worte vernommen. Der neue Shogun, Ogo-No-Hada, der
mächtigste Kriegsfürst des Landes und beherrscher von
abertausenden Soldaten - kein Mensch. "Ruft unsere Krieger und
Verbündeten zusammen!", befahl Takeda, "wir haben eine Aufgabe
zu erfüllen!". Seinem Befehl wurde umgehend Folge geleistet und
der Clan sendete Boten in die entlegensten Winkel des Landes. Aus
allen Teilen strömten die Ninja Krieger und Kriegerinnen um
Großmeister Takedas Befehl zu befolgen und sich der Bedrohung
zu stellen, die vom mächtigen Shogun ausging. Sein Sohn Tenji
erschien mit dessen besten Freund und größten Konkurrenten
Hanzori. Hanzori war ein direkter Nachfahre des großen
Schwertmeisters Hattori Hanzo und lag bereits seit frühester
Kindheit mit Tenji im Wettstreit. Auch Meji und Hikaru erschienen.
Beide waren auf ihre Art tödliche Kunoichi, weibliche Ninja. Meji
war überdies seit jungen Jahren in Tenji verliebt, doch der Auftrag
zur Sicherung des Friedens musste oberste Priorität haben. Kogen,
ein direktes Clanmitglied kam als Yamabushi verkleidet. Er liebte
es seine Feinde zu täuschen und konnte als Mönch ungesehen im

Land umher reisen. Auch sein Bruder Kenji erschien als Mönch, doch er hatte die Aufmachung eines Komoso gewählt. Kenji war leidenschaftlicher Flötenspieler und konnte so seiner Passion folgen, während er die feindlichen Clans ausspionierte oder Attentate verübte. Taischo, der beste Krieger eines verbündeten Clans, kam als Sohei Kriegsmönch verkleidet. Der verbündete Clan hatte, ebenso wie Großmeister Takedas Clan, erhebliche Sorge um die Sicherheit des Landes. Alle hatten auf eine Periode des Friedens gehofft, doch wenn es sich bewahrheiten sollte, dass der neue Shogun kein Mensch war, würde das die überall im Land begangenen Greueltaten erklären. Zwei Geishas trafen ebenfalls ein. Eine davon war die wunderschöne Haijabusa, eine der gefährlichsten weiblichen Ninjas im gesamten Land. Sie konnte ihre Beute ganz leicht um den Finger wickeln und schlug dann blitzschnell zu. Haijabusa hatte mit dem neuen Shogun eine ganz persönliche Rechnung offen, da dieser ihren Liebsten, den Ninja Nobutada, auf brutale und ehrlose Weise ermorden ließ. Auch Hajane war eine als Geisha verkleidete Kunoichi. Sie wirkte auf aussenstehende eher schüchtern, doch die junge Frau war eine eiskalte Attentäterin. Sie war eine Meisterin des heimlichen Attentats. Auch zwei Ronin gesellten sich dazu und wollten den falschen Shogun stürzen. Katsumoto war Zeit seines Lebens ein gefürchteter Samurai gewesen. Er wollte dem Land wieder Frieden bringen und so schloß er sich schon vor Jahren dem Clan an. Satsumas Herr und Daymio fiel in einer großen Schlacht und so sinnt Satsuma auf Rache um seinen Herrn zu rächen. Nachdem er herausgefunden hat, dass der Shogun kein Mensch ist, brennt sein Hass nur um so stärker. Auch Großmeister Takeda nimmt an dieser Mission teil. Er weiß um die instabilität des Friedens und hofft immer noch, den richtigen Shogun zu befreien. So beginnt das große Abenteuer und alle versuchen, den falschen Shogun zu stürzen. Möge die Reise beginnen!

Der letzte Tanz

Haijabusa hatte es geschafft. Die wunderschöne Kunoichi, eine absolut tödliche weibliche Ninja Attentäterin, konnte sich, als Geisha verkleidet, zutritt zum Haus des korrupten Kaufmannes Shingo verschaffen. Shingo-no-Hada war ein ganz übler Zeitgenosse. Der ursprünglich aus ärmlichen Verhältnissen stammende Shingo hatte es durch Beharrlichkeit, Disziplin, Verrat und einigen Morden bis an die Spitze des Ortes geschafft. Einmal in dieser Machtposition, presste er die örtlichen Bauern aus und unterdrückte aufs schändlichste die lokale Bevölkerung. Immer wieder verschwanden junge Frauen und Mädchen, die nicht selten geschändet und bestialisch ermordet in den umliegenden Hügeln gefunden wurden. Die jungen Männer, die ebenfalls reihenweise verschwanden, wurden laut Gerüchten, von Shingen an die Armee des Shoguns verkauft, um in dessen Schlachten zu kämpfen oder landeten in den Minen, wo sie fortan ihr Dasein in Schmutz und Ketten fristen mußten. Haijabusa hatte den Auftrag von ihrem Mittelsmann an der Windmeerküste direkt und ohne zu zögern angenommen. Sie persönlich trieben drei Gründe um, den korrupten Kaufmann zu erledigen. Zum einen wollte sie den falschen Shogun und seine Armee schwächen. Jeder Dorfbewohner, der bei seiner Familie blieb und nicht in den Militärdienst gepresst wurde, würde die Armee des Shoguns schwächen und ausdünnen. Außerdem musste Haijabusa auf ihrem Weg zum Palast, und es war noch ein sehr langer und weiter Weg, weniger Menschen töten. Die Gefahr, entdeckt zu werden, bevor sie den falschen Shogun ausschalten konnte, wurde damit natürlich gemindert. Zum Zweiten war der Schutz Unschuldiger tief in ihr verwurzelt. Sie konnte es einfach nicht ertragen, wenn Unschuldige gequält und ermordet wurden. Ihr Liebster, der Ninja Nobutada, hatte sie wegen ihrem weichen Herzen immer getadelt. Insgeheim wußte Haijabusa aber, dass ihr ermordeter Nobutada genauso gedacht und gehandelt hatte. Nobutada. Das war der dritte Grund. Ihr Liebster wurde von den Truppen des falschen Shoguns auf brutalste Weise ermordet und bestialisch verstümmelt. Nobutada war beim Spionieren entdeckt und gefangen worden. Die Truppen des falschen Shoguns folterten ihn über Tage hinweg und als er ihnen immer noch keine Informationen über den Auftrag, an dem Haijabusa ebenfalls beteiligt war, geben wollte, geschweige den, ihnen Informationen über sein Heimatdorf preisgeben wollte, schnitten sie ihm die Ohren, die Nase und die Augenlider ab und steckten seinen Kopf auf einen Yari, einen geraden Speer. Haijabusa musste alles mit ansehen, da sie, ebenso wie jetzt, als Geisha verkleidet im Palast unterwegs war, um Informationen zu sammeln. Sie konnte nichts tun, als die Truppen Nobutada ermordeten. Sie konnte nichts tun, als sie seinen Körper mit Pferden auseinander rissen und sie konnte nichts tun, als sie seinen auf dem Speer steckenden Kopf anspuckten und verhöhnten. Damals konnte sie nichts tun außer Rache zu schwören. Rache an dem falschen Shogun und seiner Elite - Truppe. Als Großmeister Takeda ihr offenbarte, dass der Shogun kein Mensch sei, willigte sie sofort ein, ihn zu erledigen um dem Land Frieden zu bringen und um ihren liebsten Nobutada zu rächen. Koste es, was es wolle. Nun war sie hier, im weitläufigen Haus des korrupten Kaufmannes. Dem ersten wirklichen Auftrag. Möge die Reise beginnen, dachte sie bei sich, als sie das Tanto Messer in ihrer Gürtelschärpe versteckte und die verborgenen und vergifteten Nadeln in ihren Halterungen überprüfte. Sie würde für den korrupten Kaufmann tanzen. Es würde sein letzter Tanz sein und das Letzte, was er auf dieser Erde jemals sehen würde. Das schwor sich Haijabusa und lächelte.

Die Vorahnung

Er schmiss seinen Shurikane, einen etwa Handgroßen, mit rasiermesserscharfen Spitzen ausgestatteten Wurfstern. Der Elite Samurai wich aus. Scheinbar mühelos glitt er wie Wasser zur Seite, wehrte das spitze und tödlich gut geworfene Metallstück mit seinem Katana ab und setzte direkt zum Gegenangriff an. Tenji, der Ninja Shinobi, musste zurückweichen und sah sich plötzlich in der Defensive. Der Elite Samurai, der vom falschen Shogun persönlich ausgesucht worden war, beschützte einen wertvollen Schatz. Hinter ihm lag die Rüstung aus geschmiedeten Ringen und die mächtigen Geister-Sais, die Tenji brauchen würde, wollte er den falschen Samurai vernichten. Soweit war er bereits gekommen, so ein langer Weg lag noch vor ihm. Gerüchten zufolge befand sich die Mondklinge, eine der mächtigsten Waffen überhaupt, zusammen mit den fünf Elementen verborgen auf dem Berg Fuji. Ein beschwerlicher Aufstieg würde ihn erwarten, dass wußte Tenji. Gesetz dem Fall, er überlebte den Kampf überhaupt. Als hätte der Elite Samurai seine Gedanken gelesen, versuchte er, unmenschlich schnell, mit seinem zweiten Katana nach Tenji zu stechen. Dieser konnte gerade noch einen Salto rückwärts schlagen, sonst hätte die extrem scharfe und tödliche Klinge ihm den Bauch ausgeweidet. Schützend und nach Atem ringend stand Tenji in der einen Ecke des riesigen Saals, in die ihn sein Salto gebracht hatte. Der Elite Samurai stand unbeweglich wie ein Berg in der Anderen. Er atmete nicht einmal schwer. Tenji vermutete, dass der Samurai, ebenso wie sein oberster Feldherr der falsche Shogun, kein Mensch sein musste. Sie kämpften bereits seit einiger Zeit, doch während Tenji, seit frühester Kindheit an extremste Anstrengung gewöhnt, immer mehr ermüdete, schien dieser Schlagabtausch dem Elite Samurai rein gar nichts aus zu machen. *Das war doch nicht möglich.* Welche Teufelei steckte dahinter und, was noch wichtiger war, wie konnte

Tenji diesen Gegner besiegen? Er musste es mit einem Trick versuchen. Langsam, in gebeugter Stellung mit tiefem Schwerpunkt und in fließenden Bewegungen näherte er sich dem Elite Samurai. Dieser grunzte kurz, hob die Schwerter und stürmte wie ein wilder Shinigami auf Tenji zu. *Bleibe geschmeidig, fließe wie Wasser.* Die Worte seines Großmeisters und Vaters Takeda hallten durch Tenjis Verstand. *Sei Wasser.* Der Samurai schlug mit den Katanas. Der Hieb war so wuchtig, er hätte einen Ochsen enthaupten können, doch dort, wo Tenji noch vor einer Sekunde gestanden hatte, war jetzt nur noch Luft. Tenji hatte seine Vorahnung benutzt, um den Schlag des Elite Samurai vorher zu sehen und war geschickt ausgewichen. *Ki-eIIIIIIII.* Der Samurai erschrack und machte einen Schritt nach vorne. Tenji hatte hinter ihm gestanden und einen KI benutzt. Einen Schrei aus dem tiefsten Inneren. Manch einer der so überrascht wurde, erlitt einen Herzinfarkt und starb. Der Elite Samurai war nach vorne getreten und zwar genau in eine der metallenen Dreispitznägel, die Tenji während seinem Ausweichmanöver fallen gelassen hatte. Unter Schock und mit wut- und schmerzverzerrtem Gesicht drehte sich der Elite Samurai herum, doch bevor er seinen halbhohen sichelförmigen Schlag anbringen konnte, schoß Tenji ihm ein aus Kalk, Asche, Metall- und Sägespännen bestehendes Blendpulver in die Augen. Der Elite Samurai taumelte zurück. Zu Tode erschrocken, blutend und geblendet hieb er wild um sich. Plötzlich schossen ihm Hörner aus dem Schädel und durchbohrten seinen Helm. Sein Gesicht streckte sich und verzog sich zu einer Fratze. Seine dämonischen Augen brannten. Tenji musste sich beeilen. Hätte der Dämon seine Verwandlung abgeschloßen, Tenji hätte keine Chance mehr gegen ihn gehabt. Also zog er seinen mächtigen Shurikane und schleuderte diesen geradewegs in das verzerrte dämonische Antlitz des Samurais. So verletzt taumelte dieser nach hinten. Tenji indess sprang mit einem Satz nach vorne, stach mit seinem Katana durch die Samurai Rüstung in den Bauch, hieb ihm mit einem Streich den linken Arm und nach einer blitzschnellen Drehung um die eigene Achse auch den Kopf ab. Der Körper des dämonischen Samurai zerplatzte und Tenji musste seine Augen abschirmen. Gleichzeitig stieß der Körper bei der Explosion einen lang gezogenen Laut aus, der sich wie ein Seufzer anhörte. Dunkler Rauch stieg aus den Überresten, die sich langsam verflüchtigten. Der Elite Samurai war besiegt. Tenji, der Ninja Shinobi, hatte es mit Disziplin, Vorahnung, List, Tücke und wohl auch einer gehörigen Portion Glück geschafft, die dämonische Brut zu vernichten. Die Beute war sein. Die Rüstung würde ihn schützen und mit Hilfe der Sais, der dreispitzigen Messergabeln, konnte er die Kraft der Geister zu Hilfe rufen. So gestärkt fehlten ihm nur noch die Mondklinge und die fünf Elemente um den falschen Shogun, einem der mächtigsten Wesen auf dieser Erde überhaupt, das Handwerk zu legen und dem Land endlich Frieden zu bringen.

Dämonenjäger / Nachtjäger

Als Dämonenjäger hat man es schwer. Ständig auf der Suche nach denen, die im Verborgene existieren und aus den Schatten agieren. Scheng war ein Dämonenjäger. Angefangen hatte er vor einigen Jahren als Geisterjäger. Mehr zum Spaß heraus und weil ihn das Thema einfach schon immer Interessierte. Geister, im Gegensatz zu Dämonen, sind die in der Realität belassenen bzw. gefangenen Seelenfragmente verstorbener Menschen. Gerade, wenn Menschen gewaltsam zu Tode kommen, finden ihre Seelen in der Anderswelt keine Ruhe. Oder die pure Energie der Seelen wird durch äußere Einflüße in der dreidimensionalen Realität gefangen. Eine Theorie besagt zum Beispiel, dass es in alten Schlößern, Burgen und Gemäuern so häufig spukt, weil die zum Bau verwendeten Steine besonders erzhaltig sind. Eisen ist ein guter elektrischer Leiter und von daher ideal, Seelenenergie, die nichts anderes ist als Energie, zu speichern. Bei Dämonen sieht das ganze schon etwas anders aus. Dämonische Energie ist zielgerichtet und bewußt, also mit einem Bewußtsein. Da Dämonen generell unsterblich sind, eben weil sie aus purer Energie bestehen und Energie nicht verloren gehen kann, können sie dementsprechend auch nicht sterben. So wie menschliche Seelen eben nicht sterben. Einzig die Umwandlung in eine andere Form, also quasi durch das aufsaugen und vereinnahmen der dämonischen Energie kann der bewußte Dämon entgültig zerstört werden. Und genau das tun Dämonenjäger. Sie jagen und assimilieren dämonische Energien. Scheng, wie er sich diesmal nannte, war ein in einen menschlichen Körper inkarnierter Engel. Ein besonders mächtiges Energiewesen, dass von Gott höchstselbst erschaffen wurde. So war es auch Schengs Aufgabe, die Brut, die aus purem Chaos entstand, genauso wie die zu Dämonen korrumpierten menschlichen Seelen, zu jagen, aufzuspüren und zu vernichten. Scheng hatte durch Zufall von einem besonders alten und mächtigen dämonischen Wesen gehört: dem Nachtjäger. Allgemein bekannt war ja, dass, wenn man den wahren Namen eines Wesens kannte, man eine gewisse Macht inne hatte. So konnte man bestimmte Dämonen durch Rituale zu sich rufen, wenn man deren Namen kannte. Viele Dämonen nutzten im Gegenzug jedoch die Chance, über eben jene Methode in die Häuser und Köpfe ihrer neuen, zumeist ahnungslosen Opfer einzudringen. Einmal oder dreimal den Namen gesagt, vor einem Spiegel oder bei einem kleinen Ritual, so wurde der Dämon auf den Rufer aufmerksam und konnte eine Verbindung herstellen. Der Nachtjäger war allerdings ein ganz anderes Kaliber. Über ein bestimmtes Ritual, dass hier nicht näher beschrieben werden soll, konnte man diesen besonders alten und mächtigen Dämon beschwören. Scheng war heiß darauf. Obwohl noch nicht lange ein Dämonenjäger, spürte er doch in seinem tiefsten Inneren, dass dies seine ihm ureigenste Aufgabe und Bestimmung war. Als Engel hatte er den Posten eines Paradieswächters bekleidet, hatte Angriffe aus dem Chaos zurückgeschlagen und mehrere Tausend von den bösartigen, alles verschlingenden Energiewesen vernichtet. In diesem Leben, kurz vor seinem entgültigen erwachen, hatte er bereits gegen einige der Biester bestanden. Obwohl er nicht wußte, was er tat, vernichtete er eine dämonische Fratze, zerriss einen dämonischen Drachen und spaltete eine hundeartige Kreatur, die aus purem Schatten zu bestehen schien. Auch einige kleinere Dämonen fielen Scheng zum Opfer. Er hatte seine Passion gefunden und bald wäre er bereit, den Kampf gegen eine der mächtigeren Kreaturen des Chaos aufzunehmen. Ob der Nachtjäger schon wußte, dass Scheng seine Witterung aufgenommen hatte? Bald würde er es wissen. Und schon bald würden sich beide einen epischen Kampf liefern. Doch bevor dies passierte, mußte Schengs Bauchwunde heilen. Er brauchte einen gesunden Körper, um seine Beute zu erlegen.

Das Verstehen (von Janine Feix)

Sie stand alleine in der Nacht. Der Griff vom Tor lag schwer und kalt in ihrer Hand. Sie fühlte sich gut. Lebending. Sie drückte das Tor auf, erblickte den Hang, die Bäume hoch in die Lüfte gereckt. Die Grabsteine steckten wie schiefe Zähne in der Erde. Endlich. Sie war angekommen. Die Reise war anstrengend und Kräfte zehrend, aber es hatte sich definitiv gelohnt. Sie blickte über den Friedhof. Der Mond schien hell und legte die Szenerie in ein weiß-nebliges Licht. Mit bedächtigen Schritten lief sie zwischen den Gräbern entlang. Wo hatte die Katze gemeint sei das Versteck? Sie versuchte sich zu erinnern. Hinter dem letzten Stein auf der rechten Seite des Westganges. Sie schaute auf ihre Karte. Es war nur noch ein kleines Stück. Sie schaute sich um. Ihr schien niemand gefolgt zu sein. Nur die gelben Augen strahlten sie wie gewohnt aus der Dunkelheit an. Sie musste lächeln. Es hätte ihr vorher schon bewusst sein müssen, dass ihr die stechenden Augen folgen würden. Aber heute wird sie sich nicht von ihnen einschüchtern lassen. Es wird alles nach Plan laufen. So wie es die Katze gesagt hatte. Ermutigt durch ihre eigenen Gedanken lief sie weiter. Die Augen fest auf der Karte und auf dem Weg der noch vor ihr lag. Neben ihr bewegte sich etwas in einem Busch. Abrupt blieb sie stehen. Gelbe Augen schauten sie wohlwollend an. So nahe war es noch nie an sie herangetreten. Die Angst überkam sie. "Du bist stärker", dachte sie und lief weiter, versuchte, sich weiter auf den Weg zu konzentrieren. Etwas streifte ihr durch die Haare. Die nackte Angst kam über sie. "Dreh dich nicht um!", dachte sie und versuchte weiter zu laufen, doch ihre Beine zitterten zu stark. Sie drehte sich um, stellte sich ihrer Angst. "Lass mich endlich in Ruhe!", schrie sie. "Ich will endlich wach werden! Ich will Leben! So wie ich schon mal gelebt habe! Und du wirst mich davon nicht abha...!". Sie verstummte. Sie hatte nicht damit gerechnet, dass das gelbäugige Wesen so groß war ... und so menschlich wirkte! "Wer, wer bist du denn?", stammelte sie. Der Mann, das Wesen, was auch immer stand vor ihr. Gut gebaut und irgendwie auch hübsch. "Ich werde dich wach machen", sagte er und schaute sie vertraut an. "Nein!", schrie sie. Irgendwas in ihrem Inneren wehrte sich gegen diesen Mann. Sie wusste, wenn er ihr helfen würde, würde sie sterben. Wie so oft... Sie wusste nicht wo diese Gedanken her kamen. Tief in ihrem Inneren wusste sie einfach, dass es so war. Der Mann ließ von ihr ab. "Früher hast du dich nicht so gewehrt". "Früher warst du nicht so hellhörig." Sie war irritiert. Woher kannte er sie? Er lief ein paar Schritte rückwärts, gebeugt, wie wenn eine schwere Last auf seinem Rücken liegen würde. Er sah aus, als ob er zum Sprung ansetzten wollte. Sie rannte los. In ihrem Gehirn spielten die Synapsen verrückt, alle Zellen in ihrem Kopf schrien Alarm. Sie rannte, ohne auf den Weg zu achten, ohne auf die Umgebung zu achten. Sie wäre leichte Beute in diesem Moment. Sie blieb stehen, der Gedanke hatte sie wach gerüttelt. Sie musste wachsam sein, blickte sich um. Keine gelben Augen in Sicht. Aber was war das... die Reihe der Grabsteine hatte aufgehört. Neben ihr stand noch ein Grabstein. Sie schaute auf die Karte und realisierte... Sie war angekommen! Hier war das Versteck! Ihre Beine mussten sie wohl genau hier hin gebracht haben. Gott sein Dank! Nur noch den Eingang finden. Wenn sie diesen gefunden hat, könnte sie sich auch gegen dieses gelbäugige Biest zur Wehr setzten! Sie machte sich an dem Grabstein zu schaffen. Nach was musste sie suchen? Die Katze wusste es selbst nicht genau... sie hielt kurz inne. Die Inschrift auf dem Grab schien zu verschwimmen. Was passiert da? Sie war so verwirrt. Ein Leben voller Fragen und Wissen, mit dem sie nichts anfangen konnte, eine Katze die ihr vor genau 9 Jahren erzählt hatte, dass sie erwachen muss. Was hieß das? Erwachen? Die Katze, die ihr geholfen hat, das zu finden, was sie erwecken würde. Was auch immer das war. Zumindest hatte sie jetzt das

Versteck gefunden... Sie musste sich konzentrieren. Die Buchstaben auf dem Grabstein schwirrten jetzt quer über die Platte. "Stopp!", sagte sie mit ruhiger, aber bestimmender Stimme. Die Buchstaben hörten auf zu schwirren und setzten sich neu zusammen. "Frigus grantiam Die, surge!", lies sie leiser vor. Der Grabstein knackte. Erschrocken wich sie zurück. Ein gleißendes Licht erfüllte den Friedhof, aber sie war nicht geblendet. Eine angenehme Kälte überkam sie. Sie erblickte die Gestalt, die aus dem Grab stieg und verstand. "Ich bin zuhause", sagte sie und ging auf die Gestalt im gleißenden Licht zu, der ihr die Hand entgegenstreckte. Sie berührte die Hand der Gestalt, roch Schnee und Kälte. Das gleißende Licht verschwand, die Gestalt und sie waren verschwunden, eng umschlungen in unendlicher Seligkeit. Der gelbäugige Mann saß nicht weit entfernt auf einem Grabstein. In seinem Gesicht stand Schmerz, aber auch Wut. Er entfaltete seine Flügel und flog davon. Da, wo sie jetzt war, durfte er nie wieder hin.

Das Erkennen

Sie erkannten ihn. Überall wo er hin ging. Besonders Tiere und Kinder sahen hinter den Vorhang aus Fleisch, den sein Körper über seine Existenz gelegt hatte. Ausnahmslos jedes Kind sah in ihm den Engel, der er einst gewesen war, der er vielleicht jetzt noch war. A war jedoch im Zweifel. Zeit seines (menschlichen) Lebens war er auf der Suche. Nie wußte er genau, was es war. Nie wußte er, was ihn Umtrieb, was ihn ruhe- und rastlos gemacht hatte. In jungen Jahren wollte er leben, dann lebte er, dann hasste er sich dafür. Bis er verstanden hatte, dass er zwar Teil der Welt war, jedoch niemals so leben konnte und wollte wie die Menschen, jedoch ebenso deren Grundbedürfnisse teilte weil er eben einen fleischlichen Körper hatte und nach außen hin einen Menschen darstellte, vergingen mehrere Jahrzehnte. Erst als A sein passendes Gegenstück fand, erwachte er zusehens. Aus dem Eis, aus dem er bestand, wurde mit ihrer Hilfe und ihrem Feuer endlich Wasser. Nun konnte er fließen. Nun konnte er den verdörrten Boden mit neuer Kreativität zum blühen bringen. Nun da er sie gefunden hatte nach all den Jahren. Für Immer. L, ich liebe dich.

<u>He knows</u>

"Er weiß es. Er weiß wer *die* sind."

"Woher?"

"Das weiß ich nicht. Ich vermute er war dabei."

"Wann?"

"Nicht in diesem Leben, soviel ist sicher."

"Woher weiß er es dann?"

"Er kann sich erinnern. Er erkennt *die* wieder."

"Und *sie* ihn?"

"Ja, deswegen hat er solange geschlafen. Er hat sich versteckt."

"Und jetzt nicht mehr?"

"Nein, jetzt nicht mehr."

"Warum?"

"Er ist stärker geworden. Viel stärker."

"*Sie* können ihm nicht mehr schaden. Und wenn *sie* es versuchen, wird *er sie* jagen."

Zuhause

Die Nacht war dunkel und kalt. Leichter Schneefall setzte ein und der Wind peitschte böen über die nackte, harte Erde. Nebel zog auf. Diesig zunächst, dann immer dichter werdend kroch die weiße Wand, Nebel gepaart mit den tanzenden Schneeflocken, über das tote, in Zwielicht getaufte Grau der Stadt. Zweibrücken. *Ich bin zuhause*, dachte John, als er seinen, in weiches Leder gebetteten Fuß aus dem tiefergelegten 5er BMW schwang. Er hatte die Powermaschine erst vor kurzem erworben und innerhalb der letzten fünf Stunden, genau seit Einbruch der Dunkelheit, zweimal leer gefahren. Ein gutes Gefühl so ein PS Monster zu steuern. 240 Km/H durch die Innenstadt von Homburg. Ein erhebendes Gefühl. Gut das überwiegend alle Menschen Nachts schlafen, sie würden seine Sucht nach Adrenalin wohl nicht tolerieren. Aber John Rippsa war es egal. So lebendig hatte er sich das letzte mal auf dem Rücken eines Pferdes gefühlt, damals, als er noch Tagsüber unterwegs sein konnte. Oberkörperfrei war er geritten, hatte die Sonne auf der Haut und den Wind in seinem Haar gespürt. Er hatte sich nicht nur lebendig gefühlt, er war es damals auch gewesen. Heute, in dieser eiskalten und dunklen Nacht, war er etwas anderes. Sein Fuß berührte den Boden. Die Kälte kroch durch die Sohlen und sein Körper sog sie auf. John drehte sein Gesicht direkt in den Wind. Im Gegensatz zu den Hollywood Vampiren konnte er, ein richtiger Vampyr, sehr wohl noch spüren, fühlen, erleben. Sein Körper funktionierte einwandfrei, lediglich sein Stoffwechsel, und damit einhergehend sein Immunsystem und seine Selbstheilungskräfte, hatten sich verändert und arbeiteten auf hochtouren. Was schwache Geister für einen Fluch halten mochten, für John und seinen Clan war es ein Weg nach Hause. Die nächste Stufe der Entwicklung oder, wie der Andere es genannt hätte, "ein Weg wieder annähernd das zu sein, was wir waren". Es fehlten nur noch die Flügel, doch die Zeit arbeitete für sie. Einer schaffte den Fortschritt, die anderen zogen nach. Ein Geben und Nehmen. Ein gütlicher Wettstreit bei dem es nur Gewinner gab. Ein gemeinsamer Weg zu einem gemeinsamen Ziel. John begrüßte die beiden im Schatten stehenden Kreaturen mit dem für den Clan üblichen Handschlag. "Willkommen zuhause Rippsa", sagte das Monster, dass einst ein gefallener Engel war.

Thrill me baby one more time

Todgeschrieben

"Sie wollen was?", schrie Felix den Besucher regelrecht an.

"Ich möchte meinen Onkel umbringen und Sie sollen mir dabei helfen", lachte der circa Einmetersechsundneunzig große Hühne den am Schreibtisch sitzenden, immer noch breitschultrigen, aber etwas beleibten Mittvierziger an. "Sind Sie wahnsinnig? Ich bin Autor". Felix schwitze aus vollen Zügen. Der Besucher hatte ihn ganz schön in Rage gebracht. "Ja klar sind Sie das", sprach der Besucher erneut, "das macht Sie ja zum perfekten Auftragskiller". Das Lachen des Eindringlings verwandelte sich in ein süffisantes Grinsen. "Das und ihre Zeit bei der Spezialeinheit". Felix schluckte schwer. Die Akten waren doch gelöscht, wie konnte der Hühne davon wissen? "Wa, wa?", stammelte Felix "Schauen Sie, unter dem ganzen Schweiß und ausser Form und trotz Ihres Alters sind Sie doch immer noch der, den wir ausgebildet haben, oder?", sagte der Hühne, griff unvermittelt zu einer auf einem kleinen Beistelltisch stehenden Vase und schleuderte sie mit großer Wucht dem etwas aus der Form geratenen Mittvierziger an den Kopf. Dieser wich gekonnt aus, fing die Vase, was eigentlich ein Ding der Unmöglichkeit hätte sein sollen mit der einen Hand und warf dem "Besucher" mit der anderen Hand in einer flüssigen Bewegung das Buch, welches er gerade zur Hand hatte entgegen. Der "Besucher" wich gekonnt aus und lachte auf. "Immer noch gute Reflexe, bisschen eingerostet vielleicht gell Agent Smurf, aber das kriegen wir wieder hin." Sein lächeln wurde breiter. Felix, wenn das sein richtiger Name war, resignierte, setzte sich in seinen Ledersessel und stellte die Vase behutsam auf den Tisch. "Also schön, was wollen Sie?", fragte "Felix" noch einmal. Diesmal mit einer Spur mehr Glanz in den Augen. Sein Jagdinstinkt war kurzzeitig wieder aufgeflammt. "Wie gesagt Herr "Ritter", ich möchte das Sie meinen Onkel umbringen", sagte der Besucher noch einmal und reichte Felix ein Porträtfoto. "Sind Sie von Sinnen? Das ist der Botschafter von Litauen!" "Der Zufälligerweise auch mein Onkel ist, ja", sagte der Hühne, "Und Sie Herr Ritter sind Teil meines Vorhabens." "Aber ich bin seit 14 Jahren nicht mehr im aktiven Dienst", brach es aus Felix heraus, "Sie haben doch bestimmt eine Menge gut ausgebildeter Leute?!" "Ja klar haben wir die, sogar mehr als man glaubt, oder warum denken Sie zündeln wir überall. Viele Soldaten brauchen was zu tun. Warum wohl gibt es überall Kriege, Krisen, Bürgerkriege? Irgendwie müssen die Menschen ja beschäftig werden oder? Glauben Sie es geht nur um Rohstoffe? Was würde wohl passieren, wenn morgen auf einmal Weltfrieden wäre? Ganze Industriezweige, ja ganze Nationen, würden zusammen brechen! Doch Sie Herr Ritter sollen nicht aktiv daran mitwirken. Zumindest nicht körperlich. Sie schreiben das Drehbuch. Ein Drehbuch zu einem Film, der wohl erst in dreißig Jahren in die Kinos kommen wird." "Und wenn ich mich weigere?", fragte Felix. Der Hühne zog lässig eine Schallgedämpfte 22er Rimfire, eine Pistole mit kleinem Kaliber, aber dennoch einer guten Durchschlagskraft, aus der Jackentasche. Vorteil dieses Kalibers war die höhere Munitionsmenge im Magazin bei dennoch guter Durchschlagskraft auf kurze Distanz. Statistisch gesehen waren die meisten Schießereien mit Pistolen auf einer Distanz von Durchschnittlich 30 Zentimetern. Aber auch auf dieser Entfernung wären Treffer in den Kopf und in die Herz-Lungen-Region tödlich. Felix ging in Gedanken seine Möglichkeiten durch und resignierte. "Ich sehe, Sie sind ein vernünftiger Mann Herr Ritter. Ich werde Sie in naher Zukunft noch einmal kontaktieren, dann gebe ich Ihnen alle relevanten Daten. Aber das ganze wird noch perfider Herr Ritter. Den mein Onkel soll ein Exemplar Ihres Buches erhalten. Und dies soll Ihn dazu bringen, genau das zu tun, was wir von ihm verlangen. Zumindest solange, bis er uns in die Falle gegangen ist. Also Herr Ritter, vielen Dank für Ihre Kooperationsbereitschaft. Rufen Sie uns nicht an, wir melden uns bei Ihnen." Der Hühne steckte die 22er in die Jackentasche, salutierte lässig, drehte sich auf dem Absatz herum und war so schnell aus Felix Ritters Büro verschwunden, wie er gekommen war. Felix saß schweigend da und überlegte fieberhaft. Was hatte er für eine Wahl. Jetzt würden sie ihn eh umbringen. Vielleicht sollte er erstmal einen Kaffee trinken.

Science Fiction

Ein (*eigentlich*) einfacher Auftrag

Die Salven hämmerten in die Wand. Mauerwerk spritzte. Trupp Lightning Bolt saß in der Falle. Ja, sie hatten es vermasselt, dachte Leutnant Marauder und biss sich auf die Unterlippe. Verdammte Fanatics. Mussten die wirklich so oft zu ihrem Gott beten?! Marauders Trupp hatte *eigentlich* einen einfachen Auftrag. Sie hätten *eigentlich nur* in das kleine Nachschublager der Fanatics am Serpent-Graben eindringen und die Treibstofftanks zerstören sollen. Leise und unentdeckt rein, Haftbomben platzieren und im allgemeinen Chaos von Feuer und Explosionen eben *so* unentdeckt wieder heraus. *Eigentlich* einfach. Eigentlich... Die Mission jedoch stand von Anfang an unter keinem guten Stern. Zuerst brach eine der Achsen des Wiesel Buggys, mit dem sein aus sechs Mann bestehender Elitetrupp in das feindliche Gelände einsickern sollte. Sie waren gezwungen, über zwanzig Meilen durch die zerklüftete Felslandschaft zu marschieren und dabei unter allen Umständen zu vermeiden, dass der Feind sie entdeckte. Damit war der Zeitplan dahin. Dann fiel der Brenner aus, mit dem sie die äußere Mauer durchschneiden wollten. Trupp Lightning Bolt war gezwungen, mit Kreativität und einer Technik aus dem feudalen Japan, einer Art Räuberleiter bei der ein Mann auf den anderen Mann springt und sich dann abstößt, die Mauer zu überwinden. Was sich auf der Hindernisbahn als leicht dargestellt hatte, war mit den, von Gyrostabilisatoren gestützten Raum-Kampf-Anzügen, immerhin 300 bis 500 Kilo schwer, ein kräftezehrendes und heikles Unterfangen gewesen. Sergeant Grimm war der Erste. Er nahm Anlauf, sprang auf Vauten, stieß sich ab und konnte gerade so erreichen. Nach einer Schrecksekunde, in der Grimm fast den Halt verloren hatte, konnte er seinen Griff jedoch festigen und sich auf die Mauer ziehen. Jetzt begann erst Recht der gefährliche Teil. Die auf dem Gelände patroullierenden Wachen konnten Sergeant Grimm jederzeit entdecken. Gleichzeitig war er der wichtigste Mann, den er half den Anderen, die letzten Meter zum oberen Teil der Mauer und nahm ihnen dann die schwere Zusatzausrüstung und die Haftbomben ab. Das überwinden des Hindernisses dauerte nicht einmal drei Minuten, sie wurden nicht entdeckt und trotzdem war es für Leutnant Marauder, als wäre das der Anfang einer Odysee, die seinem Trupp noch bevorstand. Er sollte Recht behalten. Nach weiteren Geräteausfällen und unglücklichen Umständen lief sein Trupp bei dem letzten Punkt zum anbringen der Sprengladung mitten in eine betende Masse Fanatics. Die rund 30 Arbeiter hatten sich wohl hinter dem riesigen Tank zusammengefunden um in stillem Gebet ihrem Gott zu huldigen. Zu viele um sie lautlos auszuschalten, zu spät um sich zurückzuziehen, zündete Marauder die bereits platzierten MTX-Haftbomben und sein Trupp nahm die Arbeiter unter Feuer. Der schrille Alarm weckte selbst die verschlafenste Wache. Ganze Horden breiteten sich sofort im Lager aus. Eine Gruppe entdeckte Trupp Lightning Bolt und eröffnete sofort das Feuer. Nach heftigen Schußwechseln konnten Marauder und seine Leute sich in einem kleinen Gebädue am Ende des Nachschublagers zurückziehen und kurzfristig verschanzen. Sie hatten es vermasselt. Waren in der Falle. "Zwei Mann, bewacht die Tür", funkte er, "die Anderen weiter ins Gebäude vorrücken." Das kleine Gebäude am Ende des Lagers entpuppte sich als der Eingang zu einer unterirdischen Bunkeranlage. "Boril. Colen. Tür verminen und nachrücken. Scheinbar haben wir hier einen Ausweg", sprach Leutnant Marauder in sein Com. Die zwei Elitesoldaten machten sich sofort daran, die Eingangstür mit selbstauslösenden Clay 1 Anti Personen Minen zu sichern, während sich der übrige Trupp an der schweren Sicherheitsbunkertür zu schaffen machte, die in das Innere der anscheinend komplexen Anlage führte. "Wiegt bestimmt ne Tonne", sagte Vanten halb im Scherz. "Wiegt soviel wie deine Mudda", sagte Grimm daraufhin. Alle lachten. Besonders wenn man Vautens Mutter kannte. Wenigstens ihre gute Laune hatten sie behalten, auch wenn das ganze Unterfangen sich zu einem absoluten Desaster entwickelt hatte. Gut, ihr Auftrag war zu 90% erfüllt. Neun von zehn Treibstofftanks waren zerstört. Überall war Feuer ausgebrochen und das Lager war in komplettem Chaos versunken. Brände und Explosionen beherrschten das Bild. Nur, sie saßen in der Falle und hier zu sterben, war eben nicht Teil dieser Mission. Der Gang, wo immer er auch hinführen mochte, war nun ihre einzige Chance lebend aus der Sache heraus zu kommen. Nachdem die Panzertür zur Seite bugsiert wurde und mit der Sicherheit der Clay 1 Minen im Rücken, schritt Trupp Lightning Bolt den dunklen Gang ins Ungewisse hinab.

Eins, zwei, drei - Gedichtereimerei

Allein auf weiter Flur

Ich wollt´ doch nur pinkeln, allein auf weiter Flur,
Jemand wollte mich dissen, warum denn jetzt nur?
Ich ließ einfach laufen, Befreiung war schnell,
plötzlich ein Lichte, so blendend und hell.
Stach in die Augen, Nässe war da,
der Strahl auf den Schuhen, durchsichtig und klar.
Plötzlich Gerufe, Gezeter, Geschrei:
"Was pinkelst du da? Ich hau dich zu Brei!"
Er kam schnell gelaufen, gesprintet und dann...
pinkelte ich den Störer gleich an.
Drum merke wenn ich pinkeln muss,
ist selbst mit meiner Freundlichkeit Schluss.

Auferstehen

Gottes brennendes Schwert
Verzehrer der Schuldigen
Sense der Seelenähren
Entreißer der Unwürdigen
Schlächter der Lästerer und Zweifler
Entringer des Lebens
Trenner der vom Geiste schwachen
Nachtjäger und Bluttrinker
Todesengel und Bestrafer
Winterengel, läßt vergehen
und doch: es wird aufersteh´n.

Chris von Reidt

Das Pferd

Auf einer Wies´ da stand ein Pferd,
mit seinem Maul am Grase zerrt,
mit seinem Schweif die Fliegen scheucht,
mit seinem Huf zertritt was kreucht.
Ja dieses Pferd es schaut gar fein,
schaut fast so blöd wie jedes Schwein.
Das Pferd was auf der Wiese steht,
nicht einen Meter extra geht.
Der Bauer ist gar rot vor Wut,
was er wohl mit der Axt jetzt tut?
Er läuft zum Pferd und will es schlagen,
das Pferd erkennt´s, geht "Bauer" jagen.
Den was der Bauer ja nicht kannte,
das Pferd zum Schießstand immer rannte.
Den nun besitzt das Pferd ein Gewehr
und spannt den Bauer vor sich her.
Nun steht der Bauer in der Kält´,
das Pferd derweil ein Schläfchen hält.
Und die Moral von der Geschichte:
Wenn ich des Nächtens auch mal Dichte,
gewinnt das Tier der Quäler leidet,
das Ganze in `nen Reim gekleidet.
Und das Pferd es lebte froh,
der Bauer pflügt das Feld und so,
endet auch diese kleine Dichtung,
sie ändert oft auch mal die Richtung
wann kommt den jetzt nun mal mein Bus,
ich glaube ich geh doch zu Fuß.

Chris von Reidt

Der Nerd Fresser

Wenn des Nachts der Nerd zu Hause sitzt,
bei kalter Pizza vorm PC gar schwitzt,
sei gewitzt, sei gewitzt
Im Schrank gar lauert,
oder doch unterm Bett,
Angst untermauert,
rötliche Augen schauen kokett.
Was treibt der Nerd zu dunkler Stunde?
Muss gar schauen, muss gar suchen.
Unumwunden, welche Kunde,
darf nicht rufen, darf nicht fluchen.
Muss ihn bringen, muss ihn bringen,
Gläserrücken soll er machen,
werd ihn zwingen, werd ihn zwingen,
werde dann ganz heimlich lachen.
Wird er tun wie ihm geheißen,
sachte nun werd ich ihn führen,
soll ich ihm die Kehl′ durchbeißen,
oder wird er meine Macht jetzt spüren?
Der Nerd der Nachts nicht schlafen kann,
gute Träume wünsch ich dem,
werd ihn sehen dann und wann,
doch man fragt sich letztlich wem?
Der Tag bricht an,
ich muss nun gehn.

Chris von Reidt

Der Winter naht

Wenn der Winter naht,
bringt euer Korn herein.
Wenn der Winter naht,
er kommt nicht allein.
Den neben der weißen Pracht,
zeigt er bald auch seine Macht.
Stürme und Winde peitschen laut,
wie als wenn Thor auf den Amboss haut.
Aus Wasser wird Eis und tödlicher Glanz,
rutschige Decke, der Winter der kann's.
Nebel und Sturm in einiger Pracht,
eiskalte, ja glitzernde Vollmondnacht.
Drum merke wenn der Winter naht,
egal ob als Jahreszeitenrad,
oder in menschlicher Form ward gesehen,
er wird nun über die Erde dann gehen.
Mit klirrender Kälte und peitschendem Wind,
rettet euch, rettet euch vor dem himmlischen Kind.

Zeit zum Nachdenken

<u>Wahrheit und Perspektive</u>

In Märchen sind Riesen immer acht Meter groß. Aber stellen Sie sich vor, sie sind Einmeterfünfzig und vor ihnen steht ein Zweimeterzehn Großer Hühne. Ja, auch das sind dann Riesen. Wissen Sie, letzten Endes geht es um Perspektive. Um Sichtweisen. Und darum, sie regelmäßig zu überprüfen. Nicht immer nur um des Zeitgeistes Willen, so in der Art, "nichts ist Beständiger als die Veränderung" und "ein rollender Stein setzt kein Moos an". Das ist zwar richtig, aber die Standart-bla-bla-Sprüche meine ich nicht, darum soll es hier nicht gehen. Es geht eher darum, zu prüfen, ob die eigene Perspektive, die eigene Sichtweise das Wirkliche zeigt. Wissen Sie, Wahrheit ist immer subjektiv und selektiv. Das hängt mit dem menschlichen Denken zusammen. Man erinnert sich an etwas. Aus seiner Sichtweise. Wahrheit ist wie ein Boot, der Fisch sieht es von unten, der Vogel von oben. Fakten, wenn nicht verfälscht, sind logisch begründbar und, dass ist das wichtigste, beweisbar. Damit auch nachprüfbar und nachvollziehbar. Wahrheiten sind wie Blätter im Wind, Fakten sind der Wind. Und die Blätter. Deswegen sind Riesen in Märchen auch immer acht Meter groß. Um dem Leser eine Perspektive zu bieten. Zweimeterzehn wäre für manche Groß, für Große aber klein. Fakten hingegen setzten sich aus Daten zusammen, aus Details, emotionslos ja, aber treffend, unverfälscht, wie eben die Größenangabe in Metern. Nachprüfbar, logisch, begründbar. Und. Nicht reißerisch, einfach nüchtern. Und die Wahrheit? Ist Riesig. Zumindest je nach Perspektive. Also, diskutieren Sie mit Fakten und ab und an, wechseln Sie die Perspektive. Vielleicht kommt ja etwas nützliches, hilfreiches dabei heraus?

<u>Stolz</u>

Wissen Sie, ab und an wird mir Überheblichkeit vorgeworfen. Das passiert alle Jubeljahre einmal und ist falsch. Ich bin einfach Stolz. Oder habe Stolz. Das ist etwas ganz Anderes. Überheblichkeit hat keinen Hintergrund, ist ekelhaft und prahlerisch. Stolz hat Hintergrund, motiviert, treibt an. Es genauso noch einmal zu machen, oder, es noch besser zu machen. Sich selber zu übertreffen. Man kann Stolz sein auf seine Leistung. Solange man sich davon motivieren lässt und sich nicht darauf ausruht. Überheblichkeit tut es. Eines meiner Lieblingszitate war immer: "Wer sich auf seinen Lorbeeren ausruht, trägt sie an der falschen Stelle". Stolz motiviert aufzustehen, Überheblichkeit nimmt Platz. Die Menschen die mir Überheblichkeit vorwerfen, haben keinen Stolz. Meistens sind sie neidisch oder verwechseln Stolz mit Überheblichkeit. Eben weil sie selber überheblich sind. Sie können nur ausdrücken, was in ihrer Denkstruktur besteht. Das ist dann eben Überheblichkeit, wenn man Stolz ist auf seine Leistungen und motiviert, doch noch etwas zu erreichen. Nicht auf dem Rücken Anderer, sondern durch seinen eigenen Schweiß, sein eigenes Blut, seine eigenen Tränen. Es besser machen. Denn Stolz lässt dich nicht knien, Stolz lässt dich nicht bücken und buckeln, Stolz lässt dich nicht zu einem Spielball werden. Überheblichkeit am Anfang vielleicht auch nicht, aber: Überheblichkeit kann gegen jemanden gerichtet werden, zumindest von denen, die es verstehen zu schmeicheln. Also, seien Sie Stolz. Lassen Sie sich motivieren. Seien Sie Stolz auf Erreichtes, schreiten Sie weiter voran und erfüllen Sie sich Ihre Ziele.

<u>Realität</u>

Was ist Real? Das ist die Frage, die sich wohl schon viele Wesen, darunter auch große und weniger große Philosophen gestellt haben. Was ist Real? Im Hinblick auf unser Wahrnehmungsspektrum, also die klägliche Ausbeute unserer fünf bis sieben Sinne, eher wenig oder? Realität wird erschaffen. Und zwar durch Aktivität. Diese kann auch Passiv sein. Zuschauen zum Beispiel. Realtität beginnt, wo die Wahrnehmung beginnt und hört auf, wo es keinen Verstand gibt zu erfassen. Können Sie Infrarot sehen? Die Biene schon. Können Sie atomare Strahlung oder Ultraschall wahrnehmen? Dafür gibt es Meßgeräte. Gab es die früher auch schon und wenn nein, war atomare Strahlung und Ultraschall dann Real? Wurden Leute wie zum Beispiel Hexen, die etwas aussergewöhnliches, für damalige Verhältnisse nicht erklärbares, erlebt haben, nicht oft auf dem Scheiterhaufen verbrannt? Wie steht es heute damit? Ist etwas, was die Masse der Menschen glaubt wirklich Real? Nur weil es die Masse glaubt? Früher glaubte die Masse nicht an die heilende Wirkung von Pflanzen. Da wurde geschröpft bis kein Blut mehr kam (der Arzt war ja schon da). Und was hat es gebracht? Oftmals das Todesurteil für die Patienten. Egal, der Arzt hat trotzdem dran verdient oder? Und heute? Heute ist die heilende Kraft vieler Pflanzen bekannt. Wird sogar im Labor chemisch repliziert und in kleine bunte Bonbons verpackt. Keiner mehr der bestreiten würde, dass Heilpflanzen nicht existieren würden. Also dann doch lieber eine Kräuterhexe im 21.Jahrhundert als während der Inquisition oder? Und sonst? Noch Punkte die Zeitgemäß als Real gelten? Mit fünf (oder doch sieben?) Sinnen erfasst? Und der Rest der Existenz? Früher galt es als gesichert und in vielen Teilen der Welt auch heute noch, dass es Untote gibt. Wiedergänger, Vampyre, Nachtsauger, Dämonen und und und. Und für Sie? Real? Oder die Ausgeburt von Millionen und Abermillionen Verrückten? Meine

Mutter sagte immer: "Du kannst alles essen, aber nicht alles Wissen". Wissen Sie, ich mag zum Beispiel keine Pappe. Kann man essen, schmeckt aber nicht. Stein zum Beispiel auch nicht. Allerdings gibt es Naturvölker, die Steine fein mahlen, dann mit Wasser zu einer Wurst rollen und diese dann essen. Für die Mineralien. Für diese Menschen absolut Real. Meine Mutter hatte diesbezüglich allerdings Unrecht. *Man kann* alles wissen. Zumindest solange man sich daran erinnern kann. Oder zumindest wenn man alle fünf (oder doch sieben) Sinne beisammen hat und die Realität sieht, wie sie ist. Hinter den Schleier blickt. Hinter den Vorhang. Und dann? Gibt es trotzdem noch Infrarotes Licht, atomare Strahlung und Ultraschall. Das ist Realität. Aber was gehört dazu. Schließlich doch die Aktivität, egal wie passiv diese auch sein mag. Aber sie gehört dazu. Zumindest um die Realität zu erfassen. In diesem Sinne. Bleiben Sie real.

Chris von Reidt

Heldengeschichten

Fühlt man sich nicht auch immer zu den Heldengeschichten hingezogen? Möchte man nicht auch der Held sein? Fiebert man nicht mit, wenn der Held die Bösen besiegt? Wenn er die Welt rettet? Aber Wieviele fragen sich, was für ein Weg das ist. Was vor ihm liegt, was hinter ihm. Dem Helden. Wieviel Schmerz, wieviel Leid musste er ertragen, sehen, bekämpfen, mitbekommen? Um ein Held zu sein. Ist man überhaupt ein Held? Oder wird man es? Immer und immer wieder indem man sich beweisen muss? Jeden Tag, bei jeder Entscheidung? Das Richtige tun. Immer das Richtige tun...
Aber was ist das Richtige? Das was andere sehen und sagen? Oder das, was man selbst sieht? Wenn man sich hinterfragt? Wenn man sein Tun hinterfragt? Immer und immer wieder. Bis man eines Tages eine rote Linie gefunden hat. Einen Weg die Dinge zu sehen, zu tun. Seinen Weg. Aber ist man dadurch ein Held? Wie wird das definiert? Wer definiert, wer entscheidet das? Fängt es damit an, wenn man eine Katze von einem Baum rettet oder ist man erst heldenhaft, wenn man todesmutig in ein brennendes Haus läuft um ein Baby zu retten? Ein Held zu sein ist nicht einfach oder? Ganz und gar nicht. Manche sind es wegen ihrem Beruf. Feuerwehrleute, Sanitäter, Notärzte, die für einen wirklich schlechten Lohn "sich immer wieder auf den Bock schwingen", sich bei Wind und Wetter raus quälen, um Menschen zu retten. Andere werden durch Zufall oder durch Schicksal zu Helden. Am richtigen Ort zur richtigen Zeit das richtige Tun. Oder eben: am falschen Ort zur falschen Zeit das richtige Tun. Das richtige Tun. Ich denke, das ist es. Tun. Aktiv werden während andere nur passiv sind oder einfach weiter gehen. Die typischen Glotzer, Gaffer und Spanner eben. Aber so muss man ja nicht selber sein. Jeder, wirklich jeder kann also ein Held sein. Man muss nur tun. Einfach machen.

Der Wolf des Winters

Der Schnee fiel leise auf die Erde. Aus dem einstmals dunklen Matsch wurde eine weiße Decke. Reines weiß. Soweit das Auge reichte. Das dunkle, feuchte, trübe Braun der Bäume war verschwunden. Auch über den Wald legte sich der Schnee. Alles was Atem hatte verkroch sich. In Unterstände, in Höhlen, in Bauten. Für die, denen es möglich war, die Elemente zu gebrauchen, stand eine besinnliche Zeit vor dem Feuer an. Feuer und Eis. Eine perfekte Mischung. Das eine gefror die Welt, das andere taute sie auf. Ein Gleichgewicht der Kräfte, denen sich niemand entziehen konnte. Die Welt kam zur Ruhe. Aus dem Chaos, den die drei Jahreszeiten geboren hatten, der Frühling mit seiner lebensspendenden, schöpferischen Kraft, der Sommer mit seiner Wärme und Fülle, der Herbst mit seiner Erntezeit und Wechselhaftigkeit, wurde nun die neue Ordnung. Winter, die natürliche Auslese. Nur die Stärksten überlebten. Das Leben erneuerte sich und das Schwache starb. Am Ende wartete der fünfte Zyklus, der Tod, der alle Energiefragmente sammelte und neu verteilte. Der Tod der nach dem Winter kam, einzusammeln was in der Kälte, einer schönen, aber tödlichen Kälte, zu Schwach war um aus eigener Kraft zu überleben. So schützte der Tod, Hand in Hand mit dem Winter, das Leben und beschützte die Weitergabe von Stärke durch Auslese. Wie ein fauler Apfel den ganzen Korb, so konnte ein krankes und schwaches Tier der ganzen Herde gefährlich werden. So war es auch nicht verwunderlich, dass dem Winter der Wolf an die Seite gegeben wurde, hatte dieser doch im Tierreich die gleiche Funktion. Alte, kranke und schwache Tiere zu reissen um die Herde vital, stark und gesund zu halten. Der Wolf ist das Tier des Winters so wie der Winter der Herr des Wolfes ist. So sterben die Schwachen um den Starken Platz zu machen. Mit dem eintreffen der Jahreszeiten in der Welt veränderte sich alles. Ein

Zyklus von Ursprung, gedeihen, leben, vergehen, bewahren und letztlich dem neu beginnen entstand, dem sich niemand entziehen kann. Niemand ausser denen, die das Gleichgewicht störten und immer noch stören. Die die die Schwäche propagieren, vorleben und predigen. Die die die Überschwenglichkeit wie einen Schild vor sich hertragen. Leben braucht Tod so wie Licht Dunkelheit braucht. Ohne das Wechselspiel der Kräfte entsteht wieder das, aus dem alles entstand: Chaos. Und das ist ganz sicher nicht im Sinne des Erfinders.

Chris von Reidt

Manifest

Die eine Welt!

Es ist Zeit!
Zeit für die eine Welt!
Versteht die Menschheit nicht, das sie zusammen gehört?
Gespalten seit Jahrhunderten, wenn nicht gar seit Jahrtausenden.
In ständigem Kampf, getrennt durch fiktive Grenzen, gezogen von machtgierigen Herrschern aller Zeiten.
Was bitte ist den Nationalismus?
Hast du dazu beigetragen?
Hastu du Menschen, ja Menschen!, mit Feuer und Schwert von diesem, "deinem Land" vertrieben um zu sagen: "dies ist nun mein Land, wir sind die und die Gruppe und jeder andere ist gar weniger Wert als wir"?!
Oder bist du in einem System aufgewachsen, dass dir deinen Nationalismus von Kindes Beinen an eingeflößt hat?
Du musst Stolz sein auf "dein Land, deine Nationalität, deine Herkunft"?!
Was bitte hast DU, was hat jeder einzelne dazu beigetragen?
Und wer gab DIR, oder deinen Urvätern das Recht dazu?!
Wach auf und erkenne die Sinnlosigkeit der Nationen!
Ich rede nicht von Traditionen,
ich rede nicht von Gebräuchen,
so sinnhaftig oder auch sinnlos sie sein mögen,
NEIN!,
ich rede von dem festhalten an archaischen Denkstrukturen!
Wir, die Bewohner dieser, unserer Erde MÜSSEN uns JETZT weiter entwickeln!
Diese Erde gehört uns allen,
unabhängig von Hautfarbe, Herkunft oder ethnischer Abstammung.

Es wird Zeit zu begreifen, dass wir, wir alle die wir hier existieren, diese eine Weltordnung, eine richtige, gute neue Weltordnung BRAUCHEN, um endlich unsere Spezies weiter entwickeln zu können!

Wie dumm, wie verbohrt, ja wie zurückgeblieben muss man sein, jemanden aufgrund seiner Hautfarbe oder seiner rassischen Abstammung als minderwertig zu bezeichnen?

Welch infames Stück eine Hautfarbe über die andere zu stellen, gar zu fordern, man müsse diese, wie auch immer geartete Hautfarbe "auslöschen"!

Ein Manifest, NEIN!, eine Forderung an alle Wesen auf dieser, unserer Erde, endlich, ja endlich und vollkommen an einem Strang zu ziehen.

Zum Wohle aller und zum Wohle derer, die unserem Wege folgen mögen!

Hört endlich auf, euch wie Tiere zu benehmen, die ihr NICHT seit!

Stellt eure ethisch-moralischen Grundsätze über eure verquere Sichtweise und erhebt euch endlich aus der Sklaverei, die euer eigenes Denken euch Tag eures Lebens knechtet!

Es wird Zeit!

Zeit für eine neue Weltordnung!

Für Terra!

Eine Darstellung

<u>Der Experimental-Leser</u>

Ich hatte es Eingangs schon erwähnt, möchte jedoch hier nochmal gesondert darauf eingehen.

Also, was ist ein Experimental-Leser genau?

Meines Erachtens, und da Laufe ich (wiedermal) gegen den Trend (oder erschaffe ich etwas neues bzw. bringe ins Licht was viele wollen?), lassen sich die meisten Menschen nicht in eine Schublade pressen wie es von einigen Konzernen (wenn *die* sich angesprochen fühlen, meine ich *die* auch...) gerne getan wird. So kann ein spießiger Bänker, der unter der Woche seine Sockenfarbe nach seiner Krawatte auswählt, am Wochenende als Ork verkleidet bei einem Cosplay oder LARP Event auftreten und verliert trotzdem nicht seine Glaubwürdigkeit. Meines Erachtens kann ein technikbegeisterter Maschinenbauer oder Ingenieur, der nach einem zehnstündigen Job voller Schaltplänen, mathematischen Formeln und Berechnungen, abends gemütlich im Sessel sitzen, Shisha rauchen und eine Fantasy Geschichte lesen. Um als Ausgleich oder für neue Ideen, um zum Abschalten, zum An- oder Entspannen, jede Geschichte findet den passenden Leser und jeder Leser findet seine ihm ganz besonders passende Geschichte. Aber es muss eben nicht nur ein Genre sein, in dem sich der Experimental-Leser wohl fühlt. Ich persönlich finde mich ja eben auch in vielen, sehr vielen, Interessengemeinschaften wieder. Ob es sich nun Survival, Kampfkunst, Lyrik, Werkeln, Malen, Basteln, Zeichnen, Fantasy, Krimi, Mysterie, Horror, Thriller oder Science Fiction handelt. Ich selber bin also sowohl Experimental-Autor als auch Experimental-Leser. Und wieso auch nicht? Im Gegensatz zum bekannten Spruch: "Was der Bauer nicht kennt frißt er nicht" bin ich froh, offen für Neues zu sein. Auszuprobieren, zu experimentieren, zu forschen, zu ent-decken, zu verstehen und genau das zeige ich mit meinen Sammelbänden. Eine Vielfalt an Themen und Themengebieten. Und warum auch nicht? Veränderung ist Teil des Lebens. Evolution ist gewünscht! So sollen diese Bände, Gedanken eines Anderen genauso wie Mondräuber und die Folgenden, auch nicht starr in einem Themengebiet behaftet sein. Sie sollen fließen. Fließen durch die Genres so wie ich fließe wie Wasser. Ein Prozess der Veränderung. Das ist also ist der Experimental-Leser. Eben jener Leser, der sich nicht starr in ein Konzept pressen lässt, sondern mit Feuereifer gerne etwas Neues ausprobiert.

In diesem Sinne hoffe ich inständig,
euch hat dieser Band gefallen.
Den so schreibe ich.
So wie ich lebe.
Fließend.

Beste Grüße,
euer Chris von Reidt

Wer ist der Kerl?!

Teaser, Appetizer. Wow. Wow wow wow. Das dachte er als er das las. Wieso war ihm das nicht voher schon aufgefallen. Der Kerl konnte echt schreiben. Gut, Chris von Reidt schien auf den ersten Blick total spießig zu sein und sein Humor triefte nur so von Ironie und Sarkasmus , aber hey, schreiben, schreiben konnte er. Ja, die Rechtschreibung war ein Graus. Lag wohl daran, dass er schneller dachte als seine Hände seine Gedanken auf das Papier bringen konnten. So ein Lucky Luke Typ halt. Nur das seine Kanone seine Gedanken, seine Patronen seine Geschichten und sein Schatten, ja was eigentlich? Das Chris von Reidt einen Schatten hatte war Fitzgerald schon klar. Der Typ war wohl entweder auf Drogen, hatte schwere Traumata oder war der Klappsmühle nur ganz knapp entkommen. Wie kam man auf so etwas? Denkende Hunde am Ende der Menschhheit? Ein Phönix-Feuer-Zauber? Eine philosophische Abhandlung über das Sein, während jemand auf Toilette sitzt und einen riesen Haufen abseilt? Ein magiebegabtes Findelkind war ja nix neues, aber die Story war packend. Und der Verweis auf den ersten Band "Gedanken eines Anderen" war Fitzgerald auch aufgefallen. War Chris von Reidt so einer? So ein Magiebegabter? Oder war er nur einfach irgendwo ausgesetzt worden und ein Drache zerstörte sein Zimmer? Fitzgerald wußte nicht was es war, aber irgendwie freute er sich darauf, mehr von dem Verrückten zu lesen. Ver-Rückt. Ja, das war er. Be-Reidt? Oh ja, ganz sicher. Und auf jeden Fall nicht Normal war er. Er war einer der Anderen. Merk-Würdig. Des Bemerkens-Wert. Aber Fitzgerald empfand es nicht als schlimm das Chris von Reidt so ein Bekloppter war. Er war ja nicht einer derjenigen Verrückten, bei dem seine Mutter ihm verbieten würde, mit ihm zu spielen. Eher so ein Sonderling. So ein komisches Gewächs im Garten, wo man erstmal gucken will, was das eigentlich ist. So Einer war das wohl.

Erstmal gucken. Und dann ist es doch eine Blume. Eine Blume mit Dornen. Schön aber tödlich. Und verrückt. Ja, komplett neben der Spur. Schreibt der Kerl doch tatsächlich seine eigene Beschreibung. Und dann ist das auch noch treffend. Fitzgerald musste lächeln. Chris von Reidt. Gedanken eines Anderen. Mondräuber. Wie kommt man auf so etwas? Aber die Geschichten sind gut, das musste Fitzgerald ihm schon lassen. Er freute sich auf jedenfall auf mehr. Soviel war sicher.

Chris von Reidt

Chris von Reidt

Gedanken eines Anderen befasst sich mit den Bereichen Fantasy, Mythologie, Neuzeit, Horror, Thriller, Science Fiction und macht Lust auf mehr.
Gedanken eines Anderen erzählt Geschichten über Elben, Zwerge, Vampyre, Dämonen und Engel und verbindet mythologische Wesen wie den Wikinger Anführer Björn Schildbrecher oder die reine Finsternis Olg.
Gedanken eines Anderen trifft in der Neuzeit auf Werwölfe und Auftragskiller und einen Engel, der Verzweifelt nach etwas sucht und erlebt epische Schlachten in einer nicht allzu fernen Zukunft.
Ein Sammelband von Kurzgeschichten, die wirklich jedem Leser etwas bieten.

- weitere Titel folgen -
- mehr auf www.traveler.rocks -

Chris von Reidt

Des Königs Reise von Chris von Reidt und Janine Feix

Des Königs Reise erzählt von einem König, der immer der Beste sein wollte. Doch auf seiner Reise erlebt er zahlreiche Abenteuer und lernt sehr schnell, dass es etwas wichtigeres gibt, als der Beste zu sein: Freundschaft. Dieses Buch soll Kindern den Wert von Freundschaft näher bringen und ihnen zeigen, dass wir alle, egal welches Wesen wir sind, friedlich und in Freundschaft zusammen leben können.

- weitere Titel folgen -
- mehr auf www.traveler.rocks -

Über Chris von Reidt

Chris von Reidt wurde 1983 in NRW geboren. Er war Soldat bei den Fallschirmjägern, hat seine Ausbildung zum Kaufmann für Versicherungen und Finanzen als Landesbester seines Jahrgangs abgeschlossen, hat Psychologie studiert und unterrichtet Krav Maga.

Chris von Reidt entwickelt zur Zeit das Schutzengel Konzept und schreibt leidenschaftlich gerne Bücher.

Für Fragen, Anregung und Kritik:
reidtae51@gmail.com
oder auf Facebook: Chris von Reidt

Bisher erschienen:
CUT - Combat Urban Territory (Survival/Prepping)
CUT - Impact (Survival/Prepping)
Seelenschmerz (Gedichtband)
Herzblut (Gedichtband)
Des Königs Reise (Kinderbuch)

Danke an alle treuen Leser und Belata
für die wunderbare Zusammenarbeit.

Homepages:
www.traveler.rocks
www.vonreidt.net

Chris von Reidt

Chris von Reidt